それなら、それで

詩織

目次

はじめに

～みなさーんどうもこんにちは、詩織です。～


「この世にいるどの人の人生も、まるっと覗けたらいいのに」

なんてことを、多々、考えることがある私。

親戚のおじさん、クラスメイトだったあの子はもちろん。電車で隣に座った見知らぬ人、駅で喧嘩をしているカップルでさえも。

当たり前だけどこの世のすべてのヒトビトには物語が存在していて、そんな一人ひとりのストーリーを覗き見できたらどんなに愉快だろうか……⁉なんて、ひとり飲みをしながらついつい妄想を繰り広げています。（変人）

好奇心旺盛な私にとって、誰かの人生を知るということには未知の世界を旅するレベルで興味がある。そしてそれを最も身近で叶えられるのが、まさに〝本〟だと思っている次第です。

ただ一般的に、本を出版して世に放つことができるのは、作家や偉人、モデルにお笑い芸人にスポーツ選手などなど。いや、（もちろんそれも大層素敵なのだけど）私が求めているのはそうではなくて、もっと身近な人々の物語。全人類のエッセイを集めた図書館、もしくは遺書館（ナニソレ）なんかがあったのならば、時間の許す限り、会ったこともない他人の人生を途方もなく彷徨いたい。そこに生きるヒントがあるはずなんだ……！（伝われ）

と、こんな壮大な妄想までしたことがある私。まさか自分自身にエッセイ出版の話をいただくなんて、想定外の出来事でした。

そう！　今書いているこの本が、まさにソレ！

申し遅れました。わたくし、『しおりのなんとなく日常』というＹｏｕＴｕｂｅチャンネルをしている、詩織と申します。世間的に言えば、ＹｏｕＴｕｂｅｒのはしくれ。

でも、ちょっとまって〜！（？）

「〜キラキラ今をときめく〜ＹｏｕＴｕｂｅｒか！」と思われてしまうのであれば、それはそれでかなり語弊アリ。このあと嫌というほど語るので端的に話せば、

元々ニートだった女が暇を持て余す→友達向けに動画投稿を始める→いつのまにか視聴者さんが増える→なぜか本の出版をする

という、なんとも行き当たりばったりな人生。（もはや奇跡）

「それいけ〜！」と、勢いよく泳ぐ回遊魚のような覇気は持ち合わせておらず、どちらかと言えば寄せては返す波に乗ってここまできたクラゲ、といったところでしょうか。（クラゲは泳ぎが下手らしい。普段は波に流されて移動してるんだって〜）

私がYouTubeに上げる動画は、ひたすらに食か旅。とにかく「好きなものを好き」「おいしいものをおいしい」と、そんな動画を作り続けること早4年が経ちました。

そんな動画にとりたてて教訓めいた内容があるわけもなく、自分語りをしたこともないに等しい。私としても、あくまでも気楽に、頭を空っぽにして観ていただければという気持ちで日々制作しています。（ここがYouTubeのすごいところ！　投稿する側も観る側も基本無料！　自己満足の溜まり場にはもってこいな媒体だと思う……！）

この一連の〝在り方〟も相まって「YouTuber」の自覚は未だなし。（そろそろ自覚して）かといって、モデルでもお笑い芸人でも歯医者さんでもない。一体何者なんだ自分……⁉と存在意義に迷い込んだときには大抵「エンターテイナーです」と苦し紛れに答えています。（実際、某雑誌にてコメントを書いたとき、肩書きを聞かれて

困り果てた末、エンターテイナーと記してもらったこともアリ）

ただ、なんということでしょう！　今回の媒体は書籍です！　もちろんYouTubeのように自己満ではいきませんし、肩書きといえばまぎれもなく〝著者〟。（かっこよすぎー！）

本は、手に取ってもらう人がいて初めて成り立ちます。KADOKAWAという大きな出版社や、編集者さん、デザイナーさん、印刷会社さん、取次会社さん、書店の方々……と、とにかく多くの人々が私の人生のストーリーを支えようとしてくれるわけです。（大感謝）普段のうのうとひとりで動画を投稿している私からすると、お話をいただいたときには咄嗟に、「はたして需要があるのだろうか」「手に取ってくださった方をがっかりさせてしまわないだろうか」という不安が頭をパンパンにさせ、プレッシャーがひどく重くのしかかり、正直お断り寸前の不安状態でもありました。

自分を語るということはプラスに働くことばかりではなく、マイナスに働くことだってある。なにより動画を普段から観てくれて、もう既にファンでいてくれる方がいるとするならば、余計なことは語らないほうが賢明かもしれない……！とさえも。

しかし何を隠そう、私は本が好き！（急な告白）

自分以外の人生を彷徨うことのできる本には何度も人生を救われてきたし、自分にはなかった思考や感情に触れることで、本から学ばせてもらったことも多くある。最悪、友達が少なくても「本さえあれば！」なんていうふうに思うほどには、本への信頼は絶大。（だからこそ全人類の自伝図書館、絶対ほしい）

そんな私の人生において必要不可欠だった本を、今度は書く側になれるなんて。不安もありつつ夢のようなお話だったことも、これまた事実なのでした。

正直、ＳＮＳの世界にはいつ終わりがきてもおかしくありません。ＹｏｕＴｕｂｅが観られなくなる日だってくるかもしれない。でも、本は手元に残ります。〝私の人生の固形物がこの世に生まれる〟という言い方をしてもいいかもしれない。（？）

そうした贅沢すぎる機会をいただけるのならば！

ＹｏｕＴｕｂｅでは絶対に語らない（語りたくない）ような自分自身のことを、今の私なりの表現としてここに記させてもらおう、と、思うことができました。（なによりり、もしおばあちゃんになれたときには、孫にこの本を渡したいし～！！）

さて、初手でも触れましたが、私は肩書きもおぼつかない普通の人間です。だけどきっとそんな私だからこそ書ける本がある、そう信じて綴ってみました。

私という存在をこの本で初めて知ってくださったという方には、電車で隣に座った人の人生を覗くような気持ちで。

はたまた、既にＹｏｕＴｕｂｅで知ってくださっている方には、まるで交換ノートを覗くように。動画では見せない（見せられない）新たな一面を楽しんでいただければうれしい限りです。

長くなりましたが、この本を出版できたのはまぎれもなく応援してくれている方々のおかげです。皆さまのおかげで著者になれました！　本当に感謝しています〜！

それでは。拙《つたな》くて不安定で、発展途上段階の今だからこそ言えることを全力で綴った、偉人でもなんでもない詩織のエッセイ。

なにとぞ、よろしくお願いします〜！

1章　こんにちは、詩織です。

――好きなものを、自己紹介にかえて

「おいしい」の先を感じるお店

「いいお店って、どうやって見分けるの?」

YouTubeでひたすらひとり飲みやはしご酒の動画を上げている私の元には、こんな質問がよく届く。

ここで自分なりの答えがパッと出せたらカッコいいし、みんなの役にも立てそう!なのは山々なのだけど、残念ながらすべてフィーリングというのが正直なところ。明確なコレ、という基準なんてものはなくて、すべてが「勘」。(情けない答えすぎるかも)

もちろん勘は勘なので、外れることだってあるし、「このお店惜しいなぁ~」と思うこともある。でもそれは、味のおいしさだけが判断基準になっているのではなくて、そしてもちろん金額云々の話でもない。

お金をある程度出したら、それなりのおいしさは担保されると思っている私。(伊勢丹で霜降りの高級肉を買って家で焼いたならば、料理上手とは言い切れない私でもそれなりにおいしく調理ができるはずだし?) でも、私的〝いいお店〟というのは、「おいしさ」や「高級感」だけでは計れない。店構えから醸し出るオーラ、店内や店員さんの雰囲気、メニューのラインナップ、書き方や貼り出され方……お店のこだわりや表れている個性を、私はいちばんに重視している。

たとえば……商売のために計算され、ウケや映えを狙い過ぎたイマドキのお店にはない、老舗《しにせ》にしか出せない薄汚れた看板や、すすけた暖簾《のれん》。年季が入っているのだけど丁寧に磨かれ胸を張った調理道具たち。外国人店員さんが一生懸命に書いたのであろうあどけない日本語など。そんなものがあるお店がたまらなく好きだ。

私が思う〝いいお店〟の定義。それをあえて見出すとすれば、商売繁盛の根底に「お客さんに喜んでもらいたい」とか、「このお店を愛してもらいたい」みたいな〝愛〟があるかどうか、かもしれない。それを感じた瞬間に、来てよかったと心が満ちる。

「いただきます」「ごちそうさま」の前後から、いいお店選びは始まっている。「おいしい」のその先にある食体験を味わいたい。

果てしない欲求が、今日も私を街へと運び出してくれる。

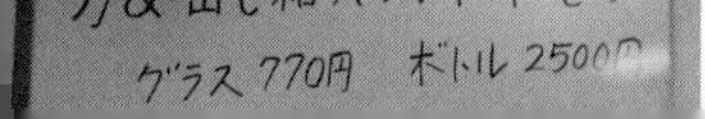

ここは絶対にうまい！って確信させてくる
ファザード、フォントってあると思うな～

土壇場ひとり旅

私の旅は、いつだってノープラン。

国内でも海外でも本能のまま、というか大抵は胃の赴くままに、引き寄せられて進む。なんとなく行きたいところだけ何個か事前に目星をつけて、前日の夜に歩くルートだけ決めてみたりする。そうするとまさしく行き当たりばったりで、実に趣《おもむき》のあるローカル店に出会えたり。観光客のためにカスタマイズされたものより、できるだけその土地のライフスタイルを肌で感じたい。（いわゆる「観光スポット」の味わいも、それはそれで楽しいんだけどね？）　そんな私なので、まだあまり観光客には知られていない、ほとんど現地の人で構成されたようなお店を探し当てたときには思わず内心「ッシャ！」。

学生の頃の国内ひとり旅では、ゲストハウスに泊まってきたりもした。宿泊費を抑えられるのはもちろん、その日その場所、そのときにしか出会えない人とのコミュニケーションは生っぽく、とにかく鮮度が段違い！

そして旅は「まさか」の連続だ。

特に海外なんて、思い描いていた通りにいかないことのほうがほとんどだし、トラブルと隣り合わせ。飛行機が飛ばなかったり、列車の乗る方向を間違えて2時間ホームで待ちぼうけ。行きたかったお店に5連続で振られるとかだって普通にある。（Googleマップじゃ定休日とはなってないのに！）

ゲテモノだって食べてみたいし、怪しい路地裏にも足を踏み入れたい。もし現地の友達ができて「明日一緒に遊ぼうよ！」なんて誘われたものなら、次の日になんとなく想定していた予定は一括キャンセルも容易い。帰りたくなるほど好きな土地に行けたのならば、もう帰りの飛行機はキャンセルしちゃお！みたいなノリで旅をする。そんな私と一緒に旅をする友人は、かなりリスキー。振り回されっぱなしだと思う。（かわいそうに！）

ゆえに私は〝ひとり旅〟が得意。自分の嗅覚を信じながら、一歩一歩危うく進む。泊まる場所、訪れる場所、きっとひとりだったからこそ生まれる出会いと思考があるから。誰かと一緒だったら生まれなかった会話と行かなかった場所、味わえなかった気持ち。

それが、ひとり旅の特産物だとさえ思う。

お正月とおせち

小さい頃から、断然クリスマスよりもお正月派な私。一年間の労苦をお正月の幸せに委ねていると言っても過言ではない。

理由は、一年を通しても世界中の人がいちばん〝休んでいる〟空気を感じられるから。目まぐるしくせわしない日々の中で、このときだけは唯一「みんなで休もうよ」って、なんだか許しの空気が流れている気さえする。もちろん働いてくれている人がいるのもわかっているし、その人たちがいてくれて世の中が回ってるのは理解した上で、本当は全員休めたらいいのにな、なんて思う。私が政治家になったら〝お正月絶対休暇法案〟とか作りたい。（国が終わるかな）

お正月は毎年必ず、家族とおせちを囲む。寝ぼけ眼も開かざるを得ない、朝から艶やかで豪勢な食事が食べられる、一年に一度のボーナスデイ。

おせち嫌いの人も多いなどとよく聞くけど、こんなにも素朴で品のある食材たちが何品目も詰められたお重には小さい頃から魅力を感じていたし（これは結構自慢）、大人に

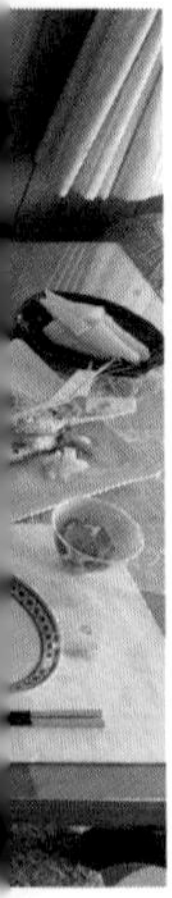

伊達巻が大好きすぎるから本当は年中スーパーに置いてほしいけど、きっとレアキャラだからなおさら価値に拍車をかけている気もして。もはや伊達巻みたいな人間になりたいすらある

なった今は「なんてつまみが多いんだ！　まるでつまみのビュッフェじゃん！」なんて思うくらいだ。

そしてなにより日持ちするように作られているおせちは、残った食材を次の日も、また次の日も食べ進められるのがいい。箱根駅伝とか、特番のバラエティ番組、それを家族と一緒に観ながらちびちびお酒と共に朝からのんびり。「まだまだお正月だし〜！」って食っちゃ寝を全肯定してくれる、そんなゆるやかな雰囲気がたまらなく好き。伊達巻《だてまき》や栗きんとん、なますや黒豆に数の子……おせちだからこその食材が、ところせましとお行儀よく、晴れやかに並んでいる。

だんだんと品数が少なくなる一月三日の朝。残りものを食べながらいつも思うことがある。

「今年も家族仲良く健康に過ごせますように。お正月、まだかな〜！」（気が早い）

築40年、和室6畳一間

YouTubeでもたびたび登場させている我が城。

なにを隠そう（?）私は今、築40年の和室6畳のアパートに住んでいる。

「動画撮影用に借りてる部屋ですか?」とよく聞かれたりするけど、残念ながらケチで不器用な私にはそんなことができるはずはなく、正真正銘〝生活〟をしている部屋だ。

「こんな古い部屋に住んでるはずがない!」なんてコメントがあると、気に入っている部屋だからこそ、「失礼な!!!」と思ったりもする。（ここだけの話）

いかんせん、この部屋と出会うまで20軒以上の内見を繰り返した。当時の部屋探し条件は「室内洗濯機置き場」「2口コンロのキッチン」の設備があることのみ。なのにもかかわらず、まったくもってビビビとくる部屋がない。清潔感はあったほうがいいけれど、最近流行りの白床・白壁!の映え部屋にはあまり惹かれず、いつも不動産屋さんには「白壁白床の綺麗すぎる家は外してください」と言っていた。「変わってますね～!」なんて毎回珍しがられる始末だ。

なにせ初めてのひとり暮らしだった私は、「一度生活の質をあげてしまったら、下げることは難しい」と、我ながら堅実すぎる考えのもと「だったら最初に住む家は最低限の設備で！」という具合だった。なんなら、築古物件から這い上がっていく人生を想定しただけでワクワクする。ラストはドバイの豪邸かな〜！なんてね。

そんなこんな、築古・畳の部屋なんかを重点的に内見するうちに〝古い〟と〝汚い〟の違いがわかるようになっていった。

築年数が古くても丁寧に手入れされ、愛されてきた空気感のある骨董品のような部屋もあれば、ただただ古くて汚い部屋もあった。内見して初めてわかる、その雰囲気と家賃と周辺環境。それらを吟味した結果、やっとの思いで奇跡的に出会えたのが今の城と言えよう。

内見時、不動産屋さんが私の顔を見るなり「ここ、畳の物件ですけど大丈夫ですか？」と不安げに聞いてきたのをよく覚えている。「だから来たんです！」なんて言いながら、今度こそいい部屋であれとと祈りつつ、カンカンカンと足音が響き渡る、軽量鉄骨すぎる外階段を上っていく。

部屋に入った瞬間、スーッと風が通った。なんとも言えないお抹茶色の壁紙と、畳のコントラスト。春だったのもあり、窓からは隣のお宅の手入れされたお庭に満開の桜が。

"気が良さそう"な感じ、伝わる?

（家にいながら花見ができちゃう！）

もちろん築古物件だからこそのサビやカビ、傷んだ部分もたくさんあったが、間違いなくこれは過去の家主に愛されてきた部屋だと勝手に想定。安易にいえば〝気の良さ〟みたいなものを感じたし（特にそういうのが見える体質でもなければ、風水とかも知らんけど）、家賃も当時の自分に見合った、とにかく初めてビビビときた部屋だったのだ。

今となっては、小さめのソファやりんご箱を再利用した本棚、ゴッホ展で母が買ってくれた絵、友達がくるたびに笑われるほど小さいテレビ……と、コンパクトながらにとにかく自分の好きで溢れた、愛おしすぎる空間となった。実家から帰ってきたときと、海外からの帰国後なんて、妖精さんの部屋かと思うくらいには小さい。それでもやっぱり畳の香るこの部屋は、いつだってとても心地がよい。

利点はまだある。初めましての人たちと「どんな部屋に住んでいるのか」の話になったときには、だいたいその場にいる誰

引っ越しほやほや！　初夜写真

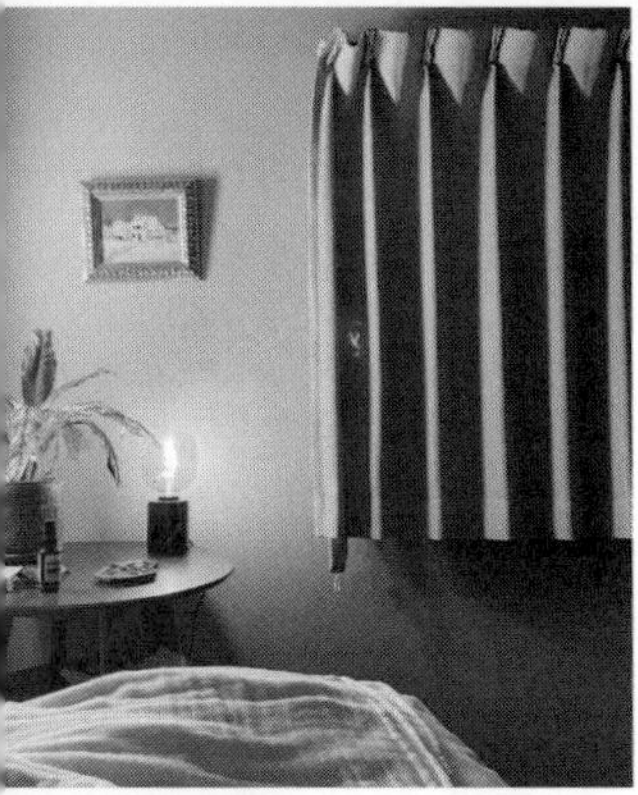

の家の話よりも我が家の話がいちばん盛り上がるし（自慢）、畳の部屋に住んでるなんて変わったヤツだ、と最初から思ってもらえるのは話が早くてありがたい。

住み始めて4年目になる今年。そろそろ次のステップへ行かないと、ドバイの豪邸まで間に合わない気もする。はたしてこの家より愛着を持てる家が見つかるのだろうか！

何はともあれ、いつか子どもができたときには「ママが一番最初にひとりで住んだ家は畳の部屋なのよ〜」なんて話を絶対にしたい。そう決めている。（結婚さえしてないのに気が早すぎる）

住めば都。模様替えも多々する。
目にやさしい緑の壁がお気に入りポイント

本

読書家ほどは名乗れないものの、昔から本が好き。

小説、エッセイ、自己啓発本、専門書、詩集など、いろんなジャンルの本を手に取るけれど、考えを深くしてくれるような本は特に何度も読み返す。


本を読むとき、印象に残った文章に線を引くのが中学生からの習慣。電車で読んでる最中に線を引くこともあるからガタガタだったり、ふにゃふにゃだったり、文字を横切ることさえもあるが（性格出すぎ）、こうすると読んでいた当時の自分の感性が動いた箇所をすぐに探せるので、読み返しても楽しかったりする。


そんな私が過去読んだ中で一番印象に残っているのは『愛するということ』（エーリッヒ・フロム）。

「愛とはなんぞや」といった感じの本なのだけど（紹介が雑すぎるかも）、とにかく昔の心理学者であるエーリッヒさんが愛について語る、諭す、促す？みたいな本だ。

「生きることが技術であるのと同じく、愛するということは技術である」「現代人は愛されるほうにフォーカスをしすぎている」

このような内容に、当時「愛される人間になる」ことばかりを重要視してしまっていた私に衝撃が走る。〝恋〟は自然に落ちるものとされているが、〝愛するということ〟は技術であり、数学や国語のように学びが必要なのだと……!

正直私の小さな脳みそではかなり難解な章もあり、何度も挫折を繰り返してやっとの思いで読了。中間部分はいまだにハテナのまま気合いで読み進めていると言っても過言ではないし、昔の本であるがゆえ、同性愛についてなどは私とは異なる考えの部分だってある。それにもかかわらず、この本は私にとってのバイブル。すごいことだ。

『一人の人をほんとうに愛するとは、すべての人を愛することであり、世界を愛し、生命を愛することである。誰かに「あなたを愛している」と言うことができるなら、「あなたを通して、すべての人を、世界を、私自身を愛している」と言えるはずだ』

愛は、意志の行為。すべてが繋がっていた。これを読んでからというもの、全人類がこのことを認識できれば、きっともっと世界は愛に包まれるんじゃないかなんて思い半分、願い半分。大切に繰り返し読んでいる。（ぜひ、読んでみて～！）

引用元　『愛するということ 新訳版』P.77（著：エーリッヒ・フロム　訳：鈴木晶／紀伊國屋書店刊）

のんのん

昔から、手を合わせて祈ることを「のんのん」と呼んでいる。お墓参りでも神社でもお寺でも教会でも、祈る対象は違えど、一括してのんのん。どの神様だってご先祖様だって、祈ることに変わりはない。家族みんなそう呼ぶものだから、最近になって「のんのん」が全国共通語でないことを知った。

私自身は無宗教だけど、のんのんは昔から好きだし、人ののんのんしている姿や、〝のんのんスポット〟（神社お寺教会など）はとても尊く、赴くたびに心の浄化を感じる。お出かけの際、目的地までにのんのんスポットがあれば思わず立ち寄るし、海外に行けば観光地に行くより、その国ののんのんスポットに行くほうが好きだ。

そんなのんのんの中でも特に大事にしているのが、お墓でののんのん。月に一度はお墓参りができるようにと心がけている私にとって、実家からほど近い場所にお墓があるのはとてもありがたい。だもんで、実家に帰るときはもれなく母に「一緒にのんのんしにいこー」とデートのお誘いをする。

父方のばーばとじーじは、だいぶ前に亡くなった。じーじが亡くなったときはまだ幼かったし、ばーばのときはとにかく「悲しい」の感情でいっぱいになった。

一方、母方のじーじが亡くなったのは最近のこと。強くて逞《たくま》しくていつまでもかっこいいじーじが、病室でみるみる弱っていく様子がまだ記憶に新しい。そんな母方のじーじが亡くなったとき、父方のじーじとばーばが亡くなったときとは違う感情を覚えた。日に日に痩せていく身体で、寝たきりの状態。自分の意思に反して病室で管に繋がれているじーじを見ているのが辛かった。コロナ禍で面会回数も限られていたし、若い頃はやんちゃで武勇伝も多かったじーじが、ここまでされてまで生を望んでいたのかどうかも私自身、もはやわからなくなっていた。

そんないたたまれない闘病生活が1年ほど続き、眠るように天国へと旅立ったとき。私に湧きあがってきた感情は、悲しみよりも、祈り。どうか安らかに眠ってほしいという祈りが私の胸をいっぱいにした。

それに今では、コロナ禍の病院でじーじに会えずにいた頃より、よほどじーじを近くに感じるのだから不思議だ。

——あ、見守られてる。

この瞬間だってきっと、この本を書くのに悩んだり葛藤したりしてるのがじーじにはお見通し。「しーちゃん、頑張ってるねえ」なんて思ってくれている気がする。（もしくは喝かな）

大切な人が亡くなることは、もちろん悲しい。だけどそれ以上に、私を見守っていてくれる人が増えていくことでもある、と最近は心から思えるようになった。

だからこそ私は「のんのん」をしにいく。父方のじーじもばーばも、母方のじーじも、大じーじも大ばーばにも、いつも見守っていてくれてありがとう、と伝えに。

自信がなくなったときも、自分のルーツに感謝を持っていると、自然と生きるのが楽になる。私はじーじとばーばの孫だから大丈夫、何があっても見守っていてくれる。ご先祖様に見られたくないことはしない。それが生きる指標になったりする。

私にとって、お墓は一番のパワースポット。世の中的にパワースポットとされる場所というのはいたるところにあるけれど、お墓は一人ひとり、人それぞれにある。なんなら、かの伊勢神宮よりも強力なのではないか、とさえ思うほどだ。

す

近頃、「好きな調味料は？」という質問をすることにハマっている。

好きな食べ物、好きなミュージシャン、好きな映画なんていう質問よりも、ちょうどよくどうでもよくて、ちょうどよく気が抜けるお題だと思う。

私は「酢」。二番目にタバスコと答えようか。

つまるところ酸味が好き。自慢じゃないけどお酢推しとしてはだいぶ古参だし、家にある調味料で一番出番が多く、1ヶ月足らずで瓶が空になるほどだ。

夜ご飯には必ず納豆を食べる。そしてそこにお酢をぶち込むのがマスト。小さじ1なんかじゃ足りないので、1～2～3～4～5と、かくれんぼのときみたいに、ゆっくり、じっくり、5秒を数え切れるくらい入れる。

学生時代のお泊まり行事のとき、朝食に納豆が出ると必ず施設の方に「お酢ありますか？」と聞きにいっていたほど、筋金入りのお酢納豆派。付属のたれは入れずに、お酢だけを入れて混ぜる。

最近はこの〈納豆×お酢〉の組み合わせにダイエット効果があるとかなんとかで、そこまでマイナーな食べ方ではなくなってしまったようだ。昔は納豆トークのときに「え～！　納豆にお酢!?」なんて興味をもたれることが多々あったものの、今となっては世間のベーシックなのかと思うと、それはそれで寂しい。ただ私はダイエット云々より、母方のじーじがずっとその味つけだったもんで、生まれたときからその食べ方だった。《酢納豆の先駆者《パイオニア》》と呼んでほしい。（？）

調味料には個性が出る。人の家に行けば、調味料の多さで自炊具合がわかるし、減り具合で嗜好《しこう》もわかる。「好きな調味料は？」という質問は今後も多用していきたい。と同時に、朝の番組で「調味料占い」なんてあったら面白いのでは!?と考えるのでした。

～以下、独断と偏見の調味料占い～

A型：今日のラッキー調味料は、みりん★
B型：今日のラッキー調味料は、ゆずこしょう★
O型：今日のラッキー調味料は、ナンプラー★
AB型：今日のラッキー調味料は、酢★

（これなら最下位とかもないしね～！）

クレープ〆

かなりの甘党な私。特に目がないのは、クレープとたい焼きと大判焼き。ご想像の通り、わかりやすくもちもちの粉もんにあま～いあんこやクリームが入ったものが大好物だ。

中でもクレープは、酔っ払ったときの〆《シメ》で無性に食べたくなる。

友人宅で開催される宅飲みの〆でさえ、ウーバーで頼んじゃうことがある。元々小さめの脳みそがさらに酒の力で極小になった午前0時でさえ、アプリ上で人の家の住所までちゃんと入力できちゃうくらいには、クレープへの執着心を感じざるを得ない。(お願いだからこの能力を他分野で発揮してくれ)

クリームというものは、多ければ多いほどうれしい。ゆえに、カスタードも生クリームもどっちも入っているのがベスト。なんならかぶりついたとき、横からクリームがだら～んとだらしなく飛び出るくらいでもいい。手をベタベタにしたい。鼻にチョンとつくくらいのものはまだまだ序の口である。

酔っ払ったときの体には「死ぬほど甘ったるくて」「油分を感じて」「ふわふわで」

「もちもち」そんな簡単な語彙力だけで形成されてるものがきっといい。

連れて行ってもらったバーにて。
店内持ち込み可でウーバーOKだったのでつい……
（生クリーム大納言あずき）

サムライ寿司

日本食といえば？と聞かれれば、95％くらいの人がお寿司を思い浮かべるのではないか、と思う。それくらい寿司には魔力があるし、実際ＹｏｕＴｕｂｅでも寿司系の動画はよく伸びる。

このたび、そんな日本代表的な存在、サムライ寿司（？）を、好きすぎて分析してみた。

まず米と魚。大前提に*healthy*。そして、新鮮でなければいけないというある種のハードル。台湾に行ったとき、湿度ムシムシの夜市で「ＳＵＳＨＩ」と名乗る、明らかに変色した寿司を見たときは戦慄したもの。あれは寿司ではなく、あくまでもＳＵＳＨＩだ。

そしてカラフルなのもいい。いろいろなお魚が新鮮なゆえ色とりどりに輝き、食べてくれと言わんばかりのツヤを放つ。回転寿司だって、もしも寿司が一色、もしくはすべて茶色だったなら、あんなふうに回転してないと思う。知らんけど。

いろいろ思いを馳せることはあるけれど、特に推したいのは、一口でポイッと頬張れるところ。大きすぎる寿司はダメだ。寿司を前歯で噛み切ろうとする人は見たことがないし、もし一緒に寿司を食べに行った人がそんな食べ方をしたらと思うと動悸がしてくる。

つまりポイッと、縦に入る様がいい。まるで口内が寿司のためのワンルームになるような。(家賃いくらにしようか)

そこでふと思う。すべての食べ物を一口サイズにしてみてはどうだろうと。
たとえばカレー。ちょっとあれは液体すぎるからむりか。うーん。
カツ丼だとどうだろう。今度やってみようと思う。

両親

私の父は、芸術を生業にしている。

父の働いている姿をこの目で直接みる機会が幼い頃から何度もあったというのは、とても幸運なことだ。

たとえば会社勤めで毎朝満員電車に乗って通勤をしているお父さんなどは、会社で素晴らしい業績を残しても、どんなにスマートに仕事をしていたとしても、家族にはその姿を見られないことがほとんどなのではないかと思う。

その点、父の仕事は芸術家であるため、ラッキーなことに仕事（＝作品）を見て、触れることができた。自分が生み出した作品にたくさんの人から拍手をもらっている姿や、好きなことを仕事にして生きていくこと。その大変さも素晴らしさも強さも、父は目の前で体現し続けてくれていた。

そんな背中を常々見せられたものなら、父を尊敬せずに育つというのは難しい。あまりにかっこよすぎる。しかしその父も、芸術家としての活動が最初から軌道に乗っていたわけではなく、柿ピーで過ごすような貧しい新婚時代もあったらしいのだ。そんな父を母は支え、信じ続けた。愛で父を包み込み、今に導いてきた母のこともまた、尊敬せざるを得なかった。

母は私が幼い頃からしきりに「人間は見た目じゃないよ、中身だよ」「磨けば光る原石を探しなさい」と言っていたし（お父さんにちょっと失礼）、人間そのものを信じ、愛するということがどういうことなのか、その答えは一番身近な両親から見てとれた。

そんなこんなで「親には感謝しよう！」という風潮的概念をわざわざインストールしなくても自然に尊敬ができて、感謝せざるをえない環境で育ってこられた私。この環境は当たり前なことではなくむしろ稀、ということに中学生あたりで気づき、その頃からというもの、とてつもなく大きな感謝が胸に存在し続けている。

……とまあ、両親への愛、尊敬、憧れが強すぎて親のことになるといくらでも話せてしまう。これ以上になると親バカならぬ子バカになってしまいかねないので、この章ではこのあたりでやめておこうかと思う。

たまねぎ・茄子

もしも来世、野菜として生まれ変わるなら、第一希望はたまねぎだ。

これは中学生ぐらいから変わらない願望かもしれない。

たまねぎって本当にすごくて（？）、和洋折衷、何の料理に入れてもおいしくてコクが出て万能。そばにいてくれると安心する。たくさんの層でできているところにもシュールさを感じる。むいてもむいても同じものが出てくるなんて、まるでマトリョーシカ？

ほかの食材を邪魔せずに引き立てることができるのに、自分自身も旨みを持っている。けれど、脇役ばかりで終わるヤツでもない。ときにはたまねぎ自身、主人公になるポテンシャルの高さも秘めている上、常温でほったらかしにしてもなかなか傷まないほど丈夫で……ｅｔｃ．憧れざるを得ない！ロールモデルというべきだろうか。

ここまでたまねぎを散々絶賛してきたが、実際「好きな野菜は？」と聞かれたら、茄子と答える。理由はおいしいから！（急なボキャ貧）

好きと憧れは別物だということを、野菜で思い知らされる。はて、恋愛みたいだな。

おまけ

シオリシュラン三つ星店リスト

香港麺 新記 三宿本店（東京・池尻大橋）

20歳の頃、お店に足を踏み入れた瞬間に感動を覚えた香港料理店。味がおいしいのはもちろんだけど、それだけじゃあない！　雑多な店内から漂う現地感とかテーブルの距離感、馴れ合いすぎずさっぱりとした距離感の接客……　〝きれいでおしゃれ〟〝映える〟〝親切でアットホームな店員さん〟みたいな、よくある評価軸ではないベクトルにある良さを、肌で感じられた初めてのお店（きれいじゃないとか親切じゃないって意味ではないので誤解なきよう！）

お店のトータルバランスが自分の中でビシッときて、初めて、〝おいしいのその先〟を感じたお店。原点かもしれない。

おでん菊一（石川・金沢）

金沢にひとり旅したときに出会ったおでん屋さん。今思えば、YouTubeを始める前からよくこんな店に行ってたなあと思うほど、渋くて趣あるお店。

こじんまりとした店内には賑わいが溢れ、中央にはハイブランドのショーウィンドウよりはるかにトキメクおでんがずらり。温かい店員さんに、直接欲しいおでんを指差しで注文。ピカイチは年輪のような大きい車麩……！　かぶりついた瞬間にだしがブワァッと。しみしみ。たまらなかった〜。

日本酒専門店 采《さい》（東京・三軒茶屋）

ディープな店がひしめき合う、三軒茶屋のいわゆる三角地帯と呼ばれる通り。まだまだ酒のイロハがおぼつかない時期の、この三角地帯のワクワク感ったらなんのその。「私いい居酒屋知ってるんで！」って三角地帯に連れてくの、なんかかっこよくない!? そんな興味から三角地帯をとにかくつぶしに通っていた過去がある。

「采」は、そんなときにふと見つけて入った、日本酒がメインのお店だ。外観からは店内が一切見えない造りなので、引き戸に手をかけるのも躊躇するくらいなのだが、入ってみれば立ち飲みで心地よい空間。なにより、お通しがお粥！ ほどよい塩っけと白米の甘みを感じられて、立ち飲みなのにはしご酒終盤に立ち寄りたいとさえ思う。ふらふらと千鳥足で入って静かにお粥と日本酒をいただけば、もはやウコンのような作用を施してくれそうなほど。

まだまだ日本酒のアカチャンだった頃にここで飲んだAKABU（岩手の日本酒）が、日本酒を好きになるきっかけとなった。

ビストロ バガブー（山梨・小淵沢）

山梨県にある、アットホームなビストロ。都内で出てきたら倍以上の価格がするであろう、丁寧かつおいしい料理がリーズナブルに食べられる。初めて行ったときはあまりのコスパの良さに衝撃を受け、絶対流行るよこの店！と確信を持っていた。（何様）

特にここの牛ほほ肉の赤ワイン煮は絶品。ほろほろ肉を口に含み、赤ワイン煮込みをさらに赤ワインで追い討ちをかける。残ったソースは余すことなくパンに。（ああ、食べたくなってきた～！）

立地的にも車で行くことが多いけど、まさか飲まないなんて信じられないほどにワインに合う食事の数々なので代行は必須！　東京で食べたら倍近いお値段だと思えば安いものだったりする。

リピートすること早5年ほど。なんと〝食べログ百名店〟になっていた！　さすがだな、私。（？）

つがね食堂（山梨・北杜）

こちらも同じく山梨にある、古民家を改装したワンオペの多国籍料理屋さん。

店主の藤田さんが作る日替わりのエジプト料理やおばんざいは本当に丁寧に作られていて、少しウィットがある。いつ行っても驚きと発見をくれる品々にわくわくするお店だ。

一番のすごさは、料理一品一品にまぎれもなく愛の味がするということ。まるで家族に食事を振る舞うかのごとく出してくれる料理たちは、母の味の次に母の味がするくらい。（？）　きっと利益第一に考えざるを得ない、忙《せわ》しないお店には出せないであろう、そんな唯一無二の味だ。

店内には本棚があって（おそらく藤田さんが読んできた数々）、そこにある本棚の本をめくりながらゆったりとした古民家で料理を待つ。本棚のセンスの合う人はもはや家族と思っている私。いやはや、間違いなし。

ここでよく出てくる、トマトベースに乾燥ミントがたっぷり入っているスープは初めての味で、衝撃を受ける。コク深いのにすっきり爽やか。今では母も真似してたまに作っているほど

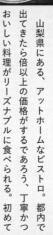

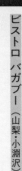

名代あんこう鍋 いせ源（東京・淡路町）

グルメな友達が多い中、特に頭ひとつ飛び抜けたグルメ尊師がいる。（大尊敬）

その人が「ここ詩織ちゃん絶対好きだよ！」なんて誘ってくれた、あんこう鍋のお店。

まず昭和初期から変わらないという建物に、入店前から既に圧倒される。空襲を逃れた強さと逞ましさからだろうか、とんでもなく厳かなオーラが走り、この建物を大事に残していこうとした人々の熱いパトスを感じる。

店内は畳。広い畳空間に座布団、テーブルは文豪が文机にしていたかのような低さと小ささなので、外国人の方などはそもそも足のやり場がないかもしれない。（私でさえ何度か足をシビれさせている）

あんこう鍋のコースはテンポ良く諸々出てくるのだけど、なんてったって最高なのは〆の雑炊！

料理や日本酒、雰囲気諸々すべて完璧にもかかわらず、それを丸ごと掻っ攫っていくような勢いでクライマックスはやってくる。その様はまるでリレーのアンカー走者のよう……！

パトスを感じる入口と、昔の日本人は背が小さかったというのも納得の低～いテーブル

お客さんも食の達人みたいな人が多く、これは偏見すぎるけど〝和牛にキャビアとウニ〟を載せて出すようなお店にいる人より、よほどグルメな方々な気がする。（？）いいお店知ってそうだし、みんなまとめて仲良くなりたい。

実際、こんな歴史的空間はいつ建て替えになってしまってもおかしくない。そういったお店には早いところ足を運ぶべきだと訪れるたびに思うし、そもそも自分の足腰が悪くなったら厳しいくらいの畳と階段なので、とにかくもったいぶらずに行きたい。

冬はひとしおおいしいのでぜひ。

煮凝りも鍋も完璧なはずなのに、最後の卵とじネギまみれ雑炊がすべてを掻っ攫うんだもん。ずるいよな～！

左から、ダルバート、パニプリ。昔はダルバートのカレーはお代わりし放題だったけど、さすがに今は違うかも？

ネパール民族料理 アーガン（東京・新大久保）

新大久保にあるネパール料理屋さん。4章で詳しく綴るが、ネパールに行き、ネパールカレーが大好きになった私にとって、新大久保〜大久保には本当にお世話になっている。

そのあたりのネパール料理屋はほぼほぼ開拓したけれど、とにかくここは綺麗めなのにコスパも良く、〝もしネパール料理が初めての人を連れていくなら、ここ！〟といったお店。

ぜひ食べてほしいのが〈ダルバート〉という、現地のカレーなどが載ったワンプレートの料理。お皿の上でカレーや副菜をあれやこれやごちゃ混ぜにして食べるのだけど、食材が混ざり合って新しいおいしさが生まれるのが、まるでオーケストラみたい。店内はおおよそネパールの人なので惜しみなく手食ができるのもいいし、新大久保を見下ろせる、ちょっと死角になったカウンター席なんかもある。いわゆるネパール版餃子のモモとか、おつまみ系も充実！　ネパール人の友達もここはおいしいとお墨つき。そりゃあ間違いないわけだ！

名曲喫茶ライオン（東京・渋谷）

こんなのが端から端まで。
きっとお札のような役割してる

呑者家《どんじゃか》 末広通り店（東京・新宿）

普段はたくさんのお店に行ってみたい気持ちからリピートをすることは少ない私が、いちばんリピートしているお店がここ。（正直あまり知られたくないからまだ動画にもしたことがない）

まず驚くのが、メニュー量の凄まじさ！ 洋も和も中も、なんでもある。ないものがない。さらにそのメニューがポップなフォントでカラフルに記され、壁一面に貼られているのが見ているだけで楽しい。実は強すぎる魔力を封じ込めるためのお札なんじゃないかとさえ思えてくる。だって広くない店内で、これだけの種類の料理を作っているなんてにわかに信じがたい。やはり魔女がいるのだろうか（？）

すれ違うのもやっとな狭さで、相席もありうる。ガヤガヤ、ワイワイ、そういう雰囲気が苦手そうな相手じゃなければ初対面ではとりあえずここに連れて行きがちな私。相手に好き嫌いが多かったとしてもきっと食べたいものが見つかるし、何を食べてもおいしくて、どんなに飲んだとて安くて。ほどよい距離感で肩肘張らずに話せる。呑者家に行けばこっちのものだ。（絶大な信頼）

名前の通り、すばらしい音響のスピーカーでクラシックを楽しめる喫茶店。ここもグルメ尊師に連れて行ってもらった場所だ。

店内前方には古くて大きなスピーカーがドーンと鎮座。それに対面するような形で席が配置されているので、言うなれば映画館、さながらコンサートホールのよう。スピーカーの大きさに反してお店自体は小さめなので、音が壁打ちのように反響する。息を吸うたび、肺いっぱいに音が入り込む。

あくまでも音楽を楽しむ場であるので、基本的には私語禁止、撮影もＮＧ。こんなちょっとしたルールがあるのもまたそそる……！

クラシックが好きな私は一瞬で虜に。お酒があれば尚いいなあなんて思ってしまうけど、だったらこのお店で好きな人と待ち合わせしてレモネード1杯とクラシックを2曲ほど。その後は神泉あたりまで歩く道中、音楽の余韻や感想を共有しつつ、早めに飲みにいけばいい。

……え〜！ 我ながら良すぎない？ ここで流れてきた曲によって、次に選ぶ店さえ変わりそうな気もする。なんとも粋なデートプランができちゃったな！（完全なる妄想）

ジビエ 岸井家（東京・東北沢）

約8席ほど、カウンターのみのこぢんまりとした店内に繰り広げられる勇ましいジビエ料理のお店。ギャップがすごい。場所は東北沢駅近、本当にひっそり、秘密の部屋みたいに突如現れる。

コースでは次から次へ、森の中を探検しているかのようにあらゆる獣たちが出現。コースのラストに出てくるパスタなんて、樋熊・猪・蝦夷鹿を使ったボロネーゼ、上にかかってるチーズはヤギのチーズとのこと。もはや口内動物園！（？）

ジビエらしく大胆な見た目のメニューもあり、メインの青首鴨の一皿なんて水掻きの部分がまる出し。正直、一緒に行く人を選ぶ鴨しれない。（青首鴨だけに）だけど本当にすべての料理が繊細に調理されているからか、全く臭みがないのだからさぞ驚き！　ジビエの概念を覆されるお店なので、抵抗がある人にほど挑戦していただきたいもの。

そしてなんといっても、このお店に訪れているお客さ

んたち皆、どこか食のオタク感が滲み出ているのがいい。（？） 興味津々に一皿一皿と向き合う姿勢は、覚悟さえ感じるほど。きっと、あえて会員制と謳《うた》う店よりよほど食に本気で向き合う人しか入れない空間ができあがっている。ブラボー！

また、それを束ねる店主の岸井さんは、なんと狩猟もご自身でやられているという。「料理も狩猟もできるなんて二刀流かよ〜！」と脱帽。もはや食界のオオタニさんだ。最初は料理をするのみだったのが、途中で狩猟資格を取ったのだとか。

「本当に料理が好きなら、究極みんなそこ（狩猟）にいくんじゃないですかねえ」

なんてさらりと言うもんだから、なんだか惚れそうになった。

〝命をいただく〟ことへのプロフェッショナルが織りなす料理。絶品でございました。

p.s.「自分はジビエ食べたくても、一緒に食べる人が見つからないよー！」なんて人にも朗報。こちら、アラカルトもあります!!（ドヤ）

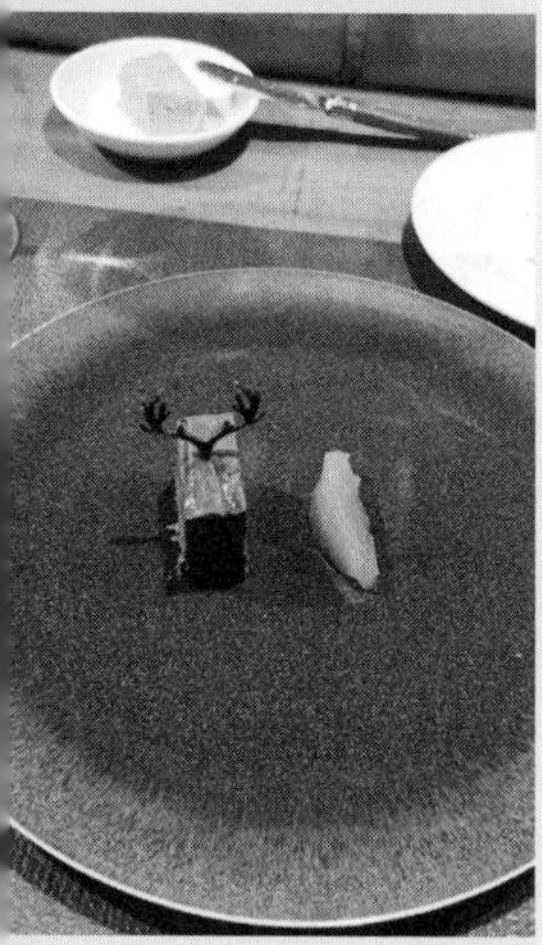

コースはとにかく品数も多くて肉肉しいので大満足。赤ワインと相性抜群

キレイキレイ

2章　悪魔に乗っ取られたカラダ　――あのころの私のこと

これは私の幼少期時代の中で母が一番好きな写真だって~。
ほっぺのお肉と漫画みたいな口。
風車がぴくともしてなさそうなのがまたキュート！（自称）

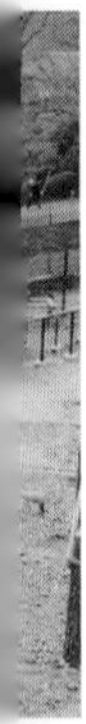

悪魔に乗っ取られたカラダ

体重3200gほど、ぷっくりぽてぽてアカチャンとして9／15にこの世に誕生。

オギャー。

芸術を生業にする両親からもらった名前は詩織。

詩を織りなすような豊かな人生にしてほしいという意味が込められているそうで、その名の通り、ちいちゃい頃から常に、谷川俊太郎や工藤直子、ありとあらゆる詩集に囲まれて育っていた。贅沢な話すぎる。

生まれてすぐに喘息で入院したり、しょっちゅうゲホゲホ、ヒューヒュー喉を鳴らす子どもで、幼稚園に通い始めるも、小児喘息をこじらせすぐに保育園に転入。幸い、身体はひ弱であれハートはかなりわんぱく。5つ上の兄の影響もあってか、シルバニアファミリーよりポケモン、プリキュアよりもウルトラマン、ピンクより黒、というような幼児期を過ごした。

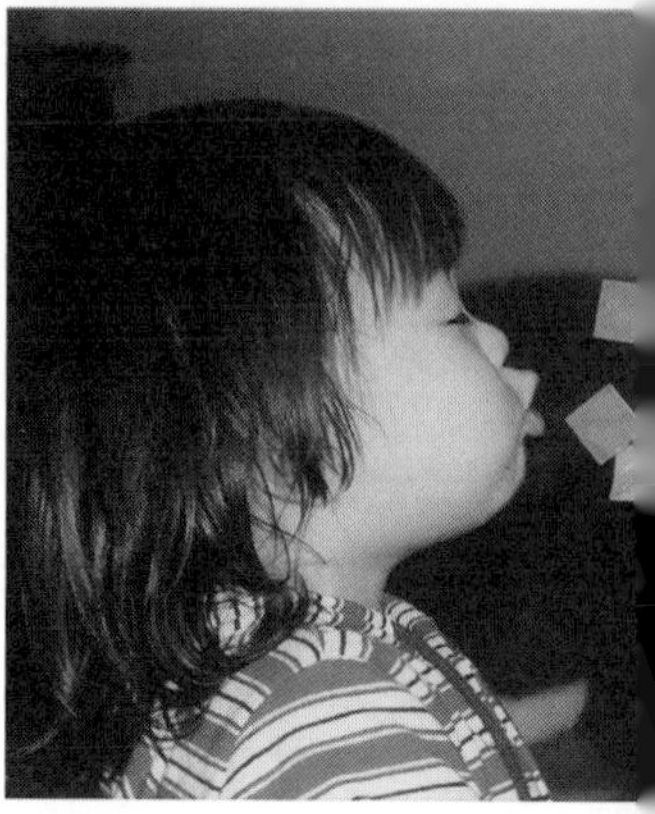

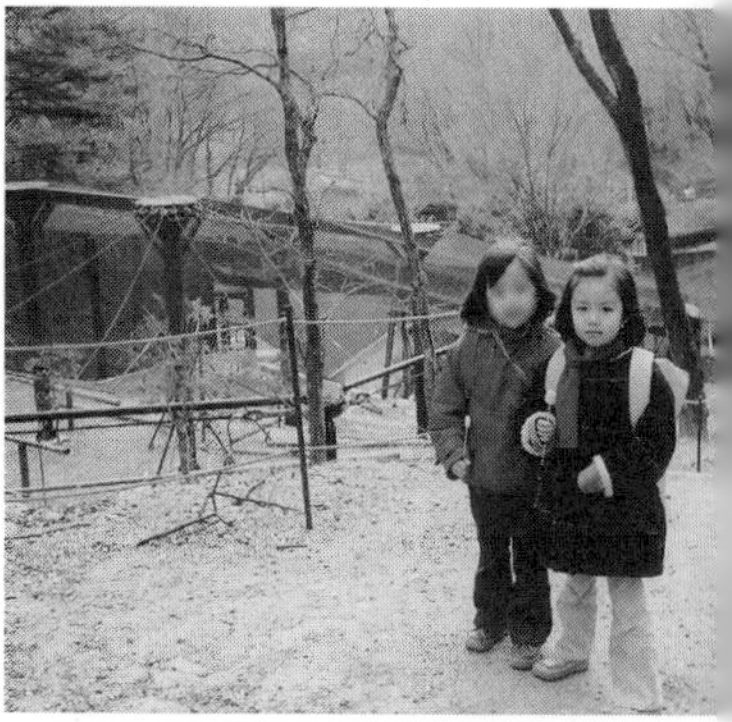

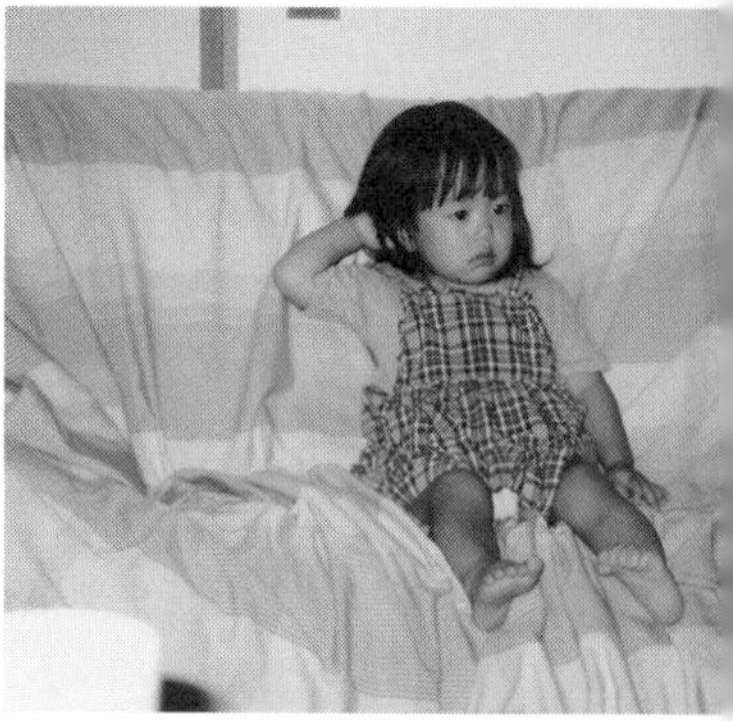

無事に保育園を卒園し、転機が訪れたのは小学3年生のときのこと。

ある夜中、トイレに行くために目が覚めた。いつも通り布団から体を起こし、母が寝ているのを起こさないようトイレまで向かう。頻尿の私からしたらなんら変哲もない日常だった。

……はずだった……。（テレビ的効果音）

便座に座った瞬間、いつもとは明らかに違う感覚が全身をおそう。

言葉にしようもない、心と体に何者かが突然入り込んできたような。はたまた、アニメみたいにドクンっと衝撃が走り、目に光がなくなるような？

大人になった今となってはそれが現実だったのか、夢だったのかは定かではないのだが、ただそのときのおぞましい感覚は翌朝になっても消えなかった。体は鉛みたいに重く、喉のつかえが取れない。息の仕方がわからないほどに。

その日以降、漠然とした「生きることへの疑問」が私の中に生まれ、「死」や「不安」などという概念が常に私の中を支配するようになった。

初めは「もしかしたらもう私は死ぬんじゃないか」というような、ありもしない漠然とした不安からだった。ひとりぼっちになると余計にその不安のあぶくがブクブクと膨れ上がり脳内を占領し、窒息死しそうになると同時に涙が止まらなくなる。（居ても立っても居られず、仕事中の母を呼び戻して泣き喚いたりもした）

そしてその不安は時間とともにみるみる悪化し、今度は「もしも自分が放った言葉で誰かを傷つけてしまったらどうしよう」「もしも私が病原菌を持っていて、それを誰かにうつしてしまったらどうしよう」などと思うようになる。

そのせいで、何を発言するにも保険的な意味で語尾に「ごめんなさい」とつけないと気が済まなかったし、一度手を洗い出すと爪の先から肘くらいまでを入念に5分は洗い続ける始末。手肌ボロボロ、アカギレまみれの小3時代を過ごした。

やがてこの「自分が死んだらどうしよう」「人を傷つけてしまったらどうしよう」という不安はついに「自分が人を殺してしまうのではないか」という究極の最終形態へと進化。

本当に小学生か？と思わんばかり、言うなれば〝飼い慣らせない悪魔〟が心の中でむくむくと育っていたのだった。

この悪魔はとても厄介で、いつ暴れ出すかわからず怯える日々。母と晩御飯の準備をしている最中にケンカになったときには「今、私の中の悪魔が暴れ出して目の前にある包丁を手に取り出したらどうしよう」などと本気で思ったりするものだから、「お願いだから謝って！」と、自分よりも悪魔に謝ってほしい、そんな気持ちで泣きながら訴えたことすらある。（母困惑）

今、あらためて状況をまとめてみると圧倒的におかしい話だと思う。ただ当時はなぜだか両親も私も「詩織は心配性かつ潔癖症」「人よりも繊細で感受性豊かな子」くらいにしか思っておらず、なにしろまだ小学校3年生あたりの話だ。心療内科に行くという頭もなかったのかもしれない。

＊

時は経ち、十数年後。

当時の私の精神に何が起こっていたのか、ついに知ることとなる出来事が起こる。

新卒で会社に就職して少し経ってからのこと。人事の人から、同期入社した子が退職することを聞かされた。彼女に連絡をしてみると「強迫性障害」という病気になって働けなくなってしまったのだと言う。初めて聞く病名だった。

『🔍強迫性障害とは』

一体どんな病気なのだろうとグーグル検索をかけた私。そこに出てきたページに書かれていた症状を見て、衝撃を受ける。

「これ全部、小学生の頃の自分そのものだ……！」と。

特に、症状の一つである「自分の決めたことを順序立ててやらないと気が済まない」というのが、まさに当時の私。毎晩寝る前に必ず母を隣に座らせ、呪文を唱えてからじゃないと眠ることができない時期があったのだ。

1　**絶対にどこにもいかないでね、絶対だよ**

（両親がコンビニとかに行ってしまってるあいだに目が覚めたときの不安は耐え難いものだった、携帯とかないし）

2　**火の元と戸締りしてね。チェーンもかけてね**

（とにかく火事、物騒な事件が怖かった。ひどいときは母がちゃんとチェーンをかけてくれているか抜き打ちチェックしにいったりもした）

3　4　5と、これ以降も決まったセリフをリズムに乗せて唱えてから寝るのがルーティン。

今となってはだいぶ認知されている強迫性障害も、当時はそこまでメジャーではなかったように思う。なにより一般的には泥団子作りとかドロケイ、好きな男子の話に没頭するお年頃。まさか小学生の自分が精神の病にかかっているなんてつゆ知らず、この思考を周りの友達に打ち明けるも、理解してくれる子は当然いるはずもなかった。（むしろ怖がられる）

そんなこんな、「他の子たちと同じように生きられない」「そのせいで両親に迷惑をかけてしまっている」という途方もない罪深さを背負い、ついに「私の存在価値とは」と悩み続ける小学生時代を過ごすこととなる。（我ながら重すぎる）

だが、この生きづらさは小学校の間にとどまることはなく、むしろまだ入口に過ぎなかったということを、このときの私はまだ知る由もなかったのだった……。（ドラマ風に）

はじめての嘘

小学生時代の不器用エピソードをもう少しだけ話させてもらいたい。いかに不器用で生きづらい性格だったかということをわかってもらうためにも。(?)

当時、私立の小学校に電車で通学をしていた私。最寄りの駅から当時の家までは徒歩15分程度だったが坂道がきつく、結構急な階段があったりで、ちびだった私の感覚では体感30分と言ったところだろうか。

ある日、課外授業からのへとへとの帰り道。最寄り駅まで一緒だったカンタくんは駅までお母さんが車で迎えにきてくれるというではないか!

うらやましくてたまらない私は「いいなあ」と呟いた。するとカンタくん、「嘘つけばいいじゃん!」

「……嘘か~!」いとも素直に納得。

このとき初めて〝嘘〟という概念に触れた私は、カンタくんにアドバイスを受けて、いざ「嘘をつくぞ」と意気揚々。緑の公衆電話にテレフォンカードを差し込んだ。

「もしもしママ？　今ね、〇〇駅で小学生の女の子が包丁持った男の人に声をかけられてて、こわかった。迎えに来てほしい(T.T)」

！？！？！！？！？（嘘が下手すぎやしないかこの頃の自分！）

おそらく、つこうと思ってついた初めての嘘。今考えればあまりに粗末な出来である。

それを聞いた母、慌てて父に電話で報告
←
電話をもらった父、仕事中にもかかわらず慌てて迎えに来てくれる
←
私、父が迎えに来てくれた車にいそいそと乗り込む

「嘘ってなんて便利なんだ〜!?」と内心しめしめ。悠々と送迎車をゲットした私だったが、そんな貴族気分は束の間、大問題が起きる。質問攻めにあうのだ。

「どこ駅のどんな場所で見たの？」「どんな人だったの？」「その女の子はどこの学校

の子？」とにかく聞かれるたびに冷や汗が噴き出て、下手すぎる嘘を重ねていく。

結果、当たり前のように言葉を詰まらせて降参。

「ごめんなさい、嘘でした」

その瞬間、私には常に優しく、記憶の限りでは怒ったことがない父が初めての激怒。

「そんな嘘をつく子はうちの子じゃなくていい！　出て行きなさい！」とピシャリと言い放ち、寒い廊下にしばらくの間締め出されたのだ。普段は優しい父が血相を変えて「うちの子じゃなくていい」と言い放ったダメージは途方もないものだったことはもちろん、嘘をつく代償がこんなにも大きなことだと思ってもなかった私はギャン泣き。嘘をつく怖さを身をもって知ることとなった。（そもそもつく嘘が悪すぎる）

『嘘っていうのは、一ついたらどんどん重ねていかなくてはならなくなるものなの。棘がどんどん自分に刺さっていって苦しくなるんだよ』by母初めて嘘をついた当時、まだ嘘の概念すらおぼろげな状態。つまり、嘘に関してド素人。（達人だとしたらそれはそれで問題だけども）

とにかく勝手がわかっていないものの、嘘をつくとろくなことがないこと、大好きな両親の子どもでいられなくなってしまうということはわかった。もはやトラウマ。つまり絶対になんとしてでも嘘はついてはいけない……！

そんな「アンチ嘘」として強い気持ちを胸にした瞬間、単純脳および０か１００でしか物事を考えられない私の頭が完全にこんがらがってしまう事態が起きる。

何が本当で、何が嘘かの確信を持てなくなってしまったのだ。

その結果、発言するたび、語頭語尾に「たぶん」を添えるようになる。

たとえば友達に「この音楽聴いたことある？」と聞かれたら「たぶん聴いたことある」と答え、「今日の授業どうだった？」と聞かれたならば「おもしろかったよ、たぶん」と答える。意地でも嘘をついてはならないと強いトラウマを抱えてしまった私、自分が見たものや感じたものにまですべてに疑心暗鬼の状態となってしまったのだ。（この頃から極端な性格すぎる）

そんなある日、理科のテストでの出来事。

どうしてもわからない問題があり、解答欄を埋められないままえんぴつが止まっていた。そのまま先生から「時間切れでーす！」の合図。

きっと眉間に深い皺が寄っていたのだろう。先生の合図と同時に、当時ちょっとヤンチャな隣の席のハナちゃんがチラリと、私に見えるように答案用紙をあえて傾けてくれたのだ！

その瞬間私は咄嗟に、というかもはや条件反射的に素早く答えをカンニングし、えんぴつを走らせ提出。このときはもう、これでもかというくらいのアドレナリンの分泌を感じたし、ピアノの発表会のときよりドキドキしていた。

無事すべての解答欄が埋まり、自信満々に「これなら93点くらいはいけるかも！」なんて悠長にしていた私。しかし、ここからが地獄だった。

「書けてよかったね～!?」なんてちょっと悪戯っぽくハナちゃんにハイタッチを求められた、その瞬間！

先ほどまでのアドレナリンでたぎっていた胸に「ンゴゴゴゴ……」と、罪悪感という名の雷雲が到来。

（当時の私：よくよく考えてみればカンニングしてとれた点数は嘘の点数で、自分の実力ではないし、母にテストの点数を聞かれたときにはまた嘘をつかなくてはならなくなってしまうではないか!? 自分だけの嘘であれば自首すればいいものの、そんなことをしたら、あくまでよかれと思って回答を見せてくれたハナちゃんにも迷惑がかかる!! あぁ!! あのとき大人しくえんぴつを置いておけば……！）

途方もない罪悪感に耐えられなかった私は結局、放課後にナカイ先生のところへ自首をしにいった。ハナちゃんのことは言わなければいい。

「先生、私カンニングして書いちゃいました」

ナカイ先生、全く怒らなかった。なんなら目をまんまるにさせて、言い出せてえらいねの雰囲気まで作ってくれた。

このときにあらためて思った。あぁ、もう嘘は懲り懲りだと。

肝心のハナちゃんはいない

憧れの中学生デビュー、大失敗

そんな馬鹿不器用な私の頭が良いわけもなく、小学校を卒業すると当たり前のように敷かれたレールへ、そのまま付属の中学に上がった。

ただ、馴染みの同級生だけでなく新しく中学から入ってくる人たちもいたので、心機一転とまでは言わないものの、空気はだいぶ入れ替わるような雰囲気があった。

さて、ここで私は考える。

「どうせ環境が変わるなら、今よりもいいヤツになりたい！　変なヤツも卒業したい！」

底知れぬ不安や心配性、まさか「人を殺してしまうのではないか」そんな思考なんて一度もよぎったことがないような、陽だまりのように明るくて優しい、愛される人間に私はなる……！

そう、完全に大学デビューならぬ〝中学生デビュー〟を遂げるのだった。

意気込んだ甲斐もあってか、最初の頃はよかった。とにかく笑顔で人には優しく、案外協調性も持てていたと思うし、少女漫画のヒロインにも負けず劣らずな気さえした。

ただ、見切り発車で頑張り続けたそんな生活も長くは持たず、1年ほどで疲れが出始める。それもそのはず。心に飼い慣らせない悪魔がいるのに、それを無理くり箱に閉じ込めようとしていたのだから。

通っていた学校は校則がほとんどないくらい、とても自由な校風だった。制服もなく髪色も自由。それだからか周りには、個性という個性が全身から溢れているようなユニークな人ばかり。そんな人たちの中で、一生懸命「理想の自分」や「いい自分」を演じ続ける私に、再度悪魔が問いかける。

「私らしさってなんだろう」「このままいいヤツっぽく振る舞うことは、みんなに嘘をつくことと同じでは？」「本当の自分はどこにあるんだ」

こんなことを考えてしまえばもう最後。いい人ヅラして背伸びをして生きている自分も、人に優しくしてる自分も、結局は嘘の自分なのかもしれない。だって〝家で家族にちょっとした悪態をつく私〟と〝学校でさわやかに振る舞う私〟は明らかに別人格すぎたから。

こうして、一体全体〝本当の自分〟はどこにあるのかと、今度はそんな悪魔のささやきに支配される生活が始まるのだった。

この悩みをさらに迷宮へと誘ってしまった要因として、「モテキ到来！」を僭越《せんえつ》ながら申し上げたい。（これ読んでくれてる同級生いたら超恥ずかしいよね）

モテるといえば普通、なんら悪いことでもなければ、むしろいいこととされる。今の私からしたらうらやましくてならないが（?）、このときの私は「本当の自分とは」と悩んでいる時期だった。それゆえ、自分でさえよくわかってない自分を、異性から「好き」という感情でみられるのは恐怖に近いものがあった。本当はこんないい子じゃないのに、嘘の自分を好いてもらってしまっている、という罪悪感だ。

中2の初め頃、校内で目立っていたいわゆる人気者のメンズに、みんなが見ているグラウンドで公開告白をされた。

青春ドラマみたいといえば聞こえはいいけど、当時の私からすると晒し者にされている感覚であり、もはや公開処刑。そのメンズとはほとんど関わったこともなかったし、仲が良かったわけでもない。幼い頃から母に「人は見た目じゃない、中身よ」との教えを受けていたし、両親のお互いに与え合う〝ホンモノの愛〟（語彙力なさすぎて安易すぎる語呂）みたいなものに憧れていた私にとって、中身を知らないメンズからの告白には断る以外の選択肢が浮かばなかった。

丁重にひとこと。

「ごめんなさい」


その瞬間、一気にどよめきが走る……！

メンズはまさか自分が断られるなんて思ってもみなかった様子で呆気に取られていたし、大衆からは「断られちゃってかわいそう」と、メンズ側を慰める声がざわざわと。

たしかに中学生というのは大体、「かっこいい」「人気者」「頭がいい」「足が速い」くらいの理由で十分に恋愛が成り立っている時期だ。愛を求めてるヤツのほうが圧倒的にイレギュラー。

そうして、人気者からのドラマチックな告白を断る変なヤツ、と言わんばかりの雰囲気を咄嗟に汲み取ってしまった私は、期待をぶち壊しにしてしまったという謎の申し訳なさと「恋愛に関しても感覚がみんなとは違うんだ」という、また一つの自分の変わり者要素を痛感。上手に生きられない自分に吐き気を催し、保健室へ逃亡したのだった。

この出来事以来、どんなにいい子ちゃんを演じていても、やっぱり土台の部分が普通の人とは違いすぎるということを自覚してしまい、日々、何をしていても自己嫌悪。そんな毎日はついにとうとう学校へ行けなくなってしまうほどの無気力人間を作り上げていった。

と、ここで強調させてほしいのが「行きたくない」のではなく「行けなくなってしまった」ということ。朝起きたくても起き上がることができず、目が開いても体を縦にすることが難しい。

最初はただ、朝が苦手だから言い訳をしているだけなのではないかと自分を責めたが、さすがの母も心配をし、このとき初めて病院へ。

診断結果は

「鬱」「自律神経失調症」「起立性調節障害」

トリプルパンチを喰らったのだった。

罪深く生きる

小学生からここまで、長きにわたり不安定な時期を送ってきた私。正直ここには書ききれないような息苦しい話もあるし、「死にたい」なんて言葉は小学校から中学校までに一体何回思ったことがあるだろう？といった具合だ。（よくぞ生きてた）

学校に友達はいたし、いじめられていたわけでもない。なんなら先生との関係も良好で、親身になって相談に乗ってくれたりなど、とにかく学校に行ってさえしまえば楽しい時間があることもわかっていた。

なによりも一番ありがたかったのは、両親がそのあいだ一度も「絶対に学校に行きなさい！」などとお尻を叩いて促したことはなく、「体が辛かったら休んでいいんだよ」と、一緒に悩み尽くしてくれたこと。なんとか学校に行けそうな日には、片道45分かかるところを毎日車で送ってくれたりと、今考えても涙が出そうになる優しさだ。

これらすべて、あまりに恵まれた環境だということは百も承知だった。なのにもかかわらず体も心もうまく動かない。そんな生活を続けるうちに、「こんなに恵まれて育ってきたはずなのに、なぜ悩んでばかりの人生なのだろう」という自己嫌悪ばかりが強くなる。「大好きな両親からたっぷりと愛情を受けているはずなのに」「むしろ、受け取ったこの愛情を社会に還元しなければならない立場なのに」と、愛情を仇《あだ》で返してしまっているような自分を、どこまでも責め続けた。

常に罪悪感に苛《さいな》まれながら生きていた学生時代だったように思う。自分を極限まで嫌い、もっぱら「私なんてどうせ」と言うようなマイナス思考。とにかく足掻けば足掻くほど深い闇に落ちていくような、負のループを辿っていった。

〝ひとり〟で過ごすということ

今、YouTubeでひとり旅やひとり飯を楽しむ姿を動画にしていると、「ひとりで寂しくないんですか?」という質問をよくいただく。

思い返せば昔からひとりで過ごすことには全く抵抗がなかったし、そもそも群れるのが得意ではなかった。たまに学校に行けたときは友達と過ごすこともあれば、ひとりの時間をあえて選ぶことも多々あったくらいだ。

学生時代のあるある「ひとりでご飯を食べる=淋しい子」みたいな風潮やそのレッテルがとにかく嫌いだった私。それと同時に「うわべだけの仲良しごっこ」や「誰かの悪口を言うことでお互いの仲を深める」みたいなあるあるも、本当にヘドが出そうだと思っていた。

そんな私の静かなる抵抗といえば、〝お弁当を一緒に食べる人たちが仲良しグループである〟みたいな認識にのみ込まれないようにすること。

日によってひとりで食べたり、誰かと食べるときは相手やグループを固定せずにいろいろなところを転々とした。でもそのうち「そもそもなんでこんなことを考えなきゃならないんだろう」というモヤモヤが生まれる。そうして極限までめんどくさくなると便所飯をしたり、もはや学校に行かないなどの極端な選択肢をとった。

今考えればこの頃から尖《とが》っているというか、協調性が皆無。周りと同じように人付き合いができないという葛藤でこんなに悩んでいるのなら、ご飯のときくらい誘われたグループで大人しくお弁当を食べられたら話が早かったのかもしれない。でも「嫌な付き合い方をするくらいなら、ひとりでいたほうがマシ」というのもまた、自分の信念であり、譲れないことだった。当時から0か100でしか生きられない私。この匙《さじ》加減が呆れるほど下手である。

ただこんな葛藤はありつつも、一番多感な時期に周りに流されず、ひとりを選べていたのはなぜか。と考えてみれば、やはり父と母の影響が少なからずあると思っている。

私は学校で起こったことも、自分が感じたことも、すべてを両親に共有していた。みんなと足並みを揃えられない私に対して、父も母も常に「それでいいんだよ」というスタンスで寄り添ってくれて「人間関係は狭く深く、本当に信頼できる人がひとりでもいれば十分」と常に言ってくれていた。

たしかに娘から見ても、両親共々友達が多いタイプではないし、むしろ少なそう。（失礼）それもそのはずで、昔から家族みんな一匹狼気質だったとか。そんな話を聞いていれば尚、一匹狼で過ごしていれば、尊敬する父や母に近づけるという安心感もあったのかもしれない。

〝友達が多いことが正義〟とみなされがちな、学生時代のちっぽけなコミュニティ。そんな中で「無理にでも周りの全員と仲良くしないと生きていけないんじゃないか」というような不安に流されることなく、ひとり時間を大切にし、現在まで自分を貫いてこられたということ。これは、娘から見ても異端児で変わり者、だけど尊敬してやまない両親のおかげだと今更ながら強く思う。（怒られそ～！）

便所飯って、したことある？

先ほどしれっと「便所飯」なんていうキャッチーなワードを織り込みましたが、何を隠そう、私は便所飯経験者だ。

数ページ前の内容と重なるが、とにかく人に合わせるということが面倒で、俗に言う社会不適合だった時期。（たぶん今も）ひとりが好き、だけどひとりでご飯を食べるだけで〝変わった人〟として、好奇と軽蔑がまじったような目で見られることがあるというのもまた面倒だった。シンプルに、食事というのは誰かと食べたいときもあれば、ひとりで食べたいときもある。好きにさせてほしい。（これは大人になった今でも同じ）

そんなとき、幸いにも私の学校はお弁当を持参する校風で、給食というものがなかった。そしてもっと幸いなことに、トイレがリフォームされたのだ！　トイレ全体が明るく、深呼吸でもしたくなっちゃうほどの清々しさ。ワックス塗り立て、ピカピカの床。綺麗なトイレを見ているときにふと、ドラマかなにかで見た「便所飯」が頭をよぎった。ともなれば、やってみようじゃないか。孤独飯の最高峰、便所飯とやらを～！

さすがに最初は好奇心だった。しかしまあなんということだろう、やってみると妙に心地よさを覚える。

そもそも便所飯というのは、名だけ聞くとどうも薄暗いグレーの薄汚れたタイルのトイレで、想像もしたくないニオイと惨めな表情といったイメージが浮かんでしまうのも無理はない。でも私が実際に経験した便所飯は醜いものとはかけ離れていた！　むしろ高貴な椅子に腰掛けてお食事を楽しんでいるような、私だけが知っている秘密基地のような。（だってお尻にヒーターさえついてる。貴族じゃん）

そうこうしているうちに便所飯がすっかり馴染んでいき、なんだかぜんぶ面倒くさいなあとなった日にはトイレに駆け込み、ひっそりと優雅なお食事をするようになった。

孤独感とか悲劇のヒロインみたいな感情はなく、ただただ好奇心から始まった奇妙な便所飯体験。ただ正直心のどこかで〝母が愛情を込めて作ったお弁当をトイレで食べている〟なんていうことを母が知ったら悲しむのではないか、という気持ちは多少あり、この話はしたことがない。（誰が高貴で優雅だなんて信じるだろう？）

当時の私、高貴な便所飯を楽しみながら「この経験をいつかおもしろおかしく本にできる人生になったらいいな～」なんてそんなふうに思っていたっけ。それが本当に本になっちゃうんだから！　人生ってすごいや。（お母ちゃん、見てる～!?）

性格真逆大作戦

高2の終わりくらい、不規則な登校を続けていたら、さすがに単位が危うくなった。ただでさえ毎日送り迎えをしてくれていた両親にこれ以上迷惑をかけたくなかったし、どうしたらこの精神状況を打破できるのか、自分と本気で対峙する時間を作る。とにかく自分のことをこれ以上嫌いたくない。自信をつけたい。

当時「私なんてどうせ～」と心の底から思っていたのは事実だ。自分のことが嫌いで仕方なかったし、生きている意味があるのかどうかすらもわからない。長きにわたりそんなネガティブ思考であったからだろうか、そんな気持ちはいつのまにか心の中を飛び出し、言動に表れていることに気がつく。「私なんて」「私なんか」は、もはや口癖だ。

同時にいつの日からか、周囲は私に対して「詩織はこのくらいまでできれば大丈夫」などと、いつだってお豆腐を扱うように、丁寧に接してくれていたように思う。それもそのはず、常に自信なさげな困り顔の人にリーダーは頼めないし、グループでの発表があったときなどにも先手に選ぶのは心許《こころもと》ないだろう。

そのことに気づいた私、「はて、それってずるいことなんじゃないか？」と自問自答。

「無意識にでもハードルを下げてもらいたい気持ちがどこかにあったんじゃないか」

「自信がないように振る舞うことで、周囲からの優しさを期待しているのではないか」

「そんな生き方ってずるくないか」など、頭の中がぐるぐるぐる……。

結論、「ダサすぎ」「弱すぎ」「甘えすぎ」

自分自身に往復ビンタ。

少なくとも、今のままでは自分を好きになることは不可能だと確信した瞬間だった。

さあ、そうともなれば自分を変えていかなくてはならない。もはや手段は選んでいられなかった。

まず、「自分なんか」という口癖をやめた。同時に、いっそのこと「自分に自信があるフリをしてみる」「自分のことが大好きでたまらないフリをする」という、性格を真逆にしてみる作戦に行き着く。自分のことが嫌いで死にたくなるほどの境地を味わった状態だからこそ、失うものはなかった。もはやヤケクソにも近い。

とにかく自分を変えるためには、無理やりにでも行動を180度変えてみる。どう転んだとて、死ぬという最終手段から遠ざかれるのなら、それだけでいいのだし。

第一の具体的な作戦として、先生から当てられる前に手を挙げて発言してみるようにした。幸運なことに、この作戦を始めようとした矢先にクラス替えがあった。新しいクラスで積極的になろうとしている私に「やってみなよ！」と背中を押してくれる友人とも巡り会えたし、元々の私を知る友達も、変わろうとする私を受けいれて見守ってくれていた。

そうした追い風を受けて、次に私は文化祭の企画委員長に自ら志願。クラスの意見をまとめて企画を出してみたりする、あのポジション。以前の自分ならとても考えられなかったことだ。自分に務まるのかなんて未知数すぎたのだけど（きっと周りが一番驚いてた）、自ら志願したからには責任が伴う。とにかくやるしかない状況に追い込んだ。

そうしてがむしゃらに、周りの協力を得ながらも無事にやり遂げられた暁には、初めて自分を素直に褒めてあげることができたのだ。

この成功体験はまぎれもなく、私が私を好きになる大きな一歩だったように思う。

はたまた、この性格真逆大作戦！（？）はこんなところにも効果を発揮した。

見た目や雰囲気だけで、内面も知らずに近寄ってくる異性があまり得意ではなかった私。そもそも「弱気で積極性のない自分」が嫌で自己嫌悪を引き起こしていたのに、その「弱気で積極性のない自分」に相手から好意を持たれたとしても、本末転倒なのだった。（無駄モテ）

ただ、性格真逆大作戦に忠実に生きなくてはならない手前（？）、あえてガサツにカバンを置いてみたり、カバンの中をぐちゃぐちゃにさせてみたり、はたまたあぐらをかいて座ってみたりなど、ありとあらゆることを試す。ここまでするかと言われれば本当にその通りなのだけど、0か100かの私はとことんやらないと気が済まなかった。

するとどうだろう！　周りからの目線が明らかに変わっていったのだ。

そもそも学校に行けなかった日が多かった私は、周りからするとミステリアスな一面が多かったようで、逆に謎が解けたと言わんばかり。ガハハと笑い合える男友達も増えたし、なにより異性として見られることがあっても「こんな自分でも好意を持ってくれるんだ」という変な安心感さえ手にすることができたのだった。

さて、ここまで読んでくれた人の中には、「でもそれって中1のときに、理想の自分になるために無理して背伸びしたのと同じでは？」と思う人もいるかもしれない。

その点に関しては、中1のときはあくまで「人からよく思われたい」が先行してできた「ええかっこしい自分」であったのに対し、今回は「自分のなりたい自分」を目指した、「自分のための自分」。他人軸ではなく自分軸での進化は、これほどまでに違いがあった。（無理して嘘の自分を演じている罪悪感もない）

「自分のことが嫌い」「もう死んでしまいたい」というどん底まで落ち切った結果として、「自分を好きになるためには変わるしかない」と、ある種振り切って決断できた〝性格真逆大作戦〟。真逆の性格はどんどんと本当の自分として定着していき、今となってはちょっとガサツがすぎるくらいで、正直困っている。（？）

38名ほどのクラスメイトの前に立つことさえできず、人から注目を浴びると声も出ずにポロポロ泣いてしまっていた当時の私に教えてあげたい。「大人になったら38万人の不特定多数に見られる、ＹｏｕＴｕｂｅｒしてるよ」ってね。

畑の変なものを見せ合い、耕す

現時点、人付き合いをしていく上で〝気を遣う〟ということが大いに苦手。言いたいことは素直に言うし、やりたくないことはやりたくない。我ながらすごくわがままな人間だと思う。合わない人はとことん合わない人種ではなかろうか。

話はまた少し戻り、小5くらいのとき。（結構戻る）

みんなが少しずつおませさんになり始め、それまで喜怒哀楽をおおっぴらに表に出すことしかしなかったアカチャンたちが、急に遠慮や陰口、嘘を覚えるようになる。そうともなると学校内ではかなりの量の陰口が流通し、もはや陰口を言うのがトレンドのような空気さえあった。（結果的にはそこで皆、「社会に出てうまく生きる術」のようなものを学んでいっていたのかもしれない）

しかしそこでも私の空気の読めなさと言ったら一級品！　陰口が増えていく現状が許せなかったのである。いや、許せないというとカッコよく聞こえるが、当時の私は心配性が究極の領域に達していたため、「陰口を言われてるかも」と恐れる時間を過ごすくらいならば直接悪いところを言ってほしい、そんなところだろうか。

そんなモヤついた気持ちを母に伝えたならば、「じゃあ直接友達に聞いてみればいいよ」と、あっけらかんと賛同。ただし聞くときの条件として、

「私は○○ちゃんのことが大好きだからこそ、もっと本音を言える関係になりたい。だから私の嫌なところがあったら怒らないし、直したいから言ってほしい。もし○○ちゃんの嫌なところがあったときも私は陰で他の友達に言うんじゃなくて、○○ちゃんに直接言うね」

……そんなロングなテンプレを、母が作り上げてくれた。

テンプレがあればイケそう！と、翌日には即行動。（やっぱり行動だけは早い）

「ちょっといいかな？」の呼び出しから始まり、ベランダで友達に直談判。ここぞと話し出すものだから友人も驚くばかり、まるで告白かな？といった風情だった。

そんな思い出は今となってはちょっとした笑い話であるものの、大人と言われる年齢になっても尚、人付き合いをする上で「陰口を言うくらいなら直接」という信念は変わっていない。なんなら今は、「友達だからこそ、好きだからこそ迷惑をかけあえる関係にしたい」と思っている。もちろんリスペクトは持ちつつも、お互いに楽な気持ちでい続けるために、嫌なことは嫌だと言い合える関係が理想的。万が一我慢できないほど

に嫌ならば、もうそこで離れればいいのだし。

友達とは長く深く付き合いたいし、たくさんの人数はいなくてもいいと思っている。だからこそ、無理はしない。そうやって生きていたら、自然と「詩織ってわがままなんだけどなんでか憎めないからずるいよーハハハハ」と言ってくれる友人が増えていった。

もちろん学生時代は嫌われたくなくて人の顔色をうかがってしまう時期もあったし、一方で自分の信念を貫きたくて、葛藤にもがいた時期もある。この小学生らしからぬベランダ直談判エピソード（？）も、曲げられない信念の葛藤により生まれた選択だった。


そんな生きづらい学生時代を終えて社会に出た瞬間、世界がぐ――――んと広がっていく。

今までは同じ地域、同じ年齢、いわゆる「畑が似てる人間」しかいなかったのに、違う畑はおろか、違う星の人間もいるではないか!?　そのとき、こんなにも広い世界で全員から好かれるなんて不可能であるということと同時に、嫌われることすら自然で、まともなことであると知る。

人間は、一人ひとり〝愛のキャパ〟みたいなものを持ちあわせていると思う。だから

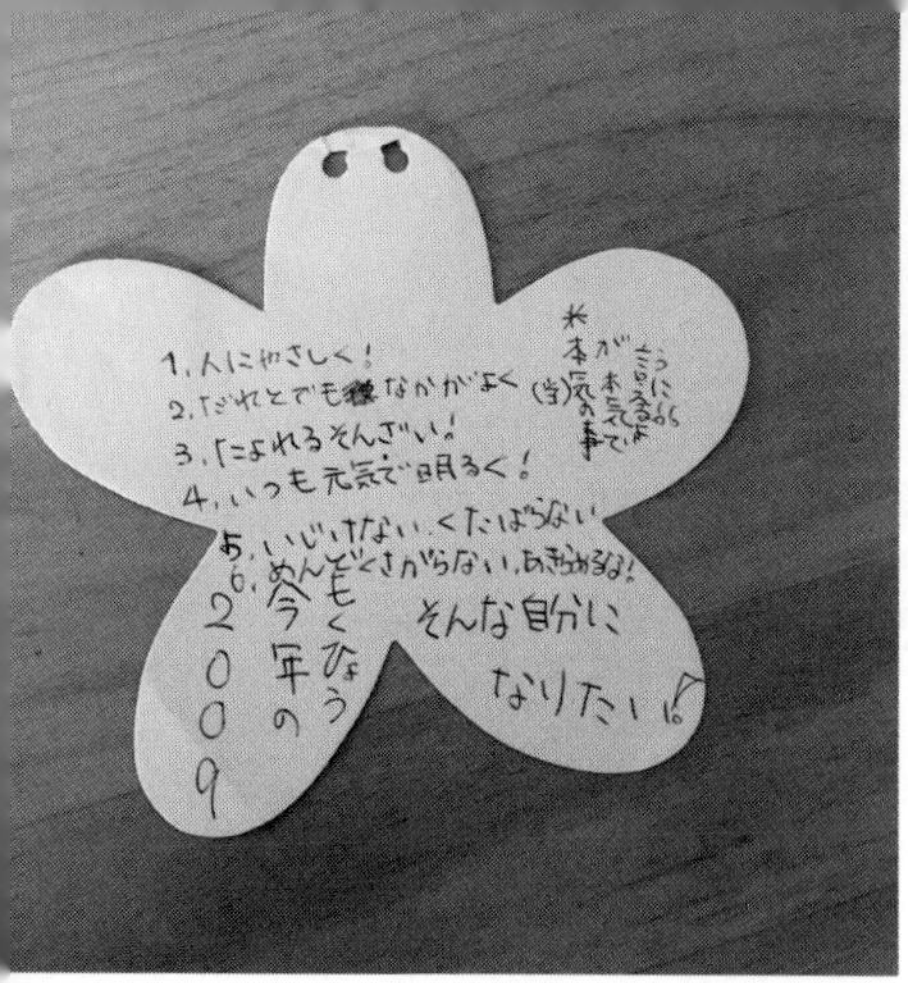

右端に書いてある「※本気のことが本気で言えるように!!」（縦書きなのに左から書いてる汗）というのがまさに葛藤の現れ……！　陰口に負けるな、頑張れ自分！（今の私より）

むしろ、自分のわがままな部分や変な部分を見せても尚興味を持ってくれる人に、集中して愛を注ぎたい、そう思えたのだった。

そしてなにより、気を遣うのが苦手なのと同じくらい、気を遣われるのも苦手な私。なので、相手に気を遣わせないような距離感作りとして、自分の畑を曝け出すことにしている。いま育て途中のものとか、うまく育たなかったものも、汚いものも、変なものも。「みて~面白いでしょ~」といったふうに、先に掘り起こしてお披露目。すると案外、相手も「私もこんなの持ってるよ~！」って泥付きの不格好なお芋とか、掘り出して見せてくれる。その泥付きのお芋が私にとってはすごくうらやましくキラキラして見えたりもするのだから、人生って面白い。

　同じ畑の人間のほうが少ない広い世界だからこそ、お互いの畑のとっておきの変なものを見せ合いつつ、それをリスペクトし、お互いに耕し合って生きる。そんな人間関係はとても魅力的だと思うのだ。

心の暖簾をくぐりたい

高校3年生、18歳になったときに車の教習所に通ったときのこと。

今や技能教習の担当講師を指名できる制度を導入しているところもあるらしいが、私が通っていた教習所は毎回、先生がランダムだった。そのとき私は「ただ運転してるだけじゃつまんな~い」と思い（いや、運転するために来る場所ではあるんだけど）、この時間をどうにか楽しもうと毎回、担当の先生とコミュニケーションをとることを心がけていた。もはやドライブデート気分で。

当時高校3年生だった私は、進路について決める時期だったこともあり「なんで教習所の先生になろうと思ったんですか？」はマストで聞いていた。するとそんなことを聞いてくる生徒は今までいなかったらしく、揃いも揃ってみんな饒舌になり熱弁してくれるのだった。私としても興味深かったし、そんな熱い想いで指導してくれているんだ！と、先生への信頼度が増した。とにかく教習そっちのけで話したりして、しかも毎回違う先生の人生を知れることが楽しくて仕方なく、試験に合格したらもう来れないことが寂しくて、わざと落ちようかと迷ったくらいだ。（?）

ほぼ同じ頃、通っていた塾でのこと。

学校に行けていない時間も多かった私は、個別塾に通って勉強をしていた。最初の頃は大学生のアルバイト先生がフランクに教えてくれていたのだが、就職の関係で辞めることになり、後任として別の先生が私の担当となった。その先生はもう何年とその塾に鎮座しているというくらいの中年で大ベテラン。東大出身らしく、絵に描いたような真面目で気難しい厳格な先生といった雰囲気で、「勉強以外のものは持ってくるな」「授業に関係ないことは話すな」というような、とにかくお堅い人だった。

フランクな先生からお堅い先生になった途端、塾がかったるくなってしまった私。先生を変更してくれる制度もあるので、事務担当の人に言おうかと迷ったが、せっかくならばと直談判を試みる。

「でも先生、私は勉強とは関係ない話も含めて先生のことをよく知りたいし、その上で授業をしたらもっと楽しくなるかと思うんです」

お堅い先生、豆鉄砲を食らったような顔をしながら、どう返事をしていいかわからなそうに、「わかったから。はい、勉強するよ」とひと言。直談判は無念にも流されて終わったと思われた。

が！　しかし。なんと次の授業から、先生はまるで人が変わったかのように、授業とは脱線した話にも耳を傾けてくれるようになったのだ……！　さすがに喋りすぎたときは軌道修正してくれていたけど、少なくとも「関係のない話は一切許されない」というような、缶詰な雰囲気はなくなっていた。

正直なところ、私の言葉を先生がどう受け取ってくれていたのかはわからない。だけど気難しさＭＡＸだった先生が、他の生徒からは苦手意識を持たれていたような先生が、私の言葉で明らかに変化をしてくれたような気がして、とてもうれしかった。

そこからは先生がどうして塾の先生になったのかを聞いたり、おすすめの本を教えてもらったりもした。さすが東大出身！と言わんばかりの、真面目で聡明な先生の歩んできた道は、私の住む畑とは全く異なるものばかり。どんどん先生のことを尊敬できるようになっていき、それにより、授業もますます楽しくなった。

そうして高校生最後、塾を卒業するちょっと前の授業にて、先生に「最後に、今まで読んできた本の中でのおすすめリストをください！」という、第二ボタンくださいい的なノリで最後のお願いをさせてもらった。飛び抜けて頭が良くて、知識が豊富な先生が、一体どんな本に影響を受けてきたのかを知りたかったし、仮に自分には興味のないジャンルの本だったとしても、それが自分の畑を耕すような、新たな発見になるかもしれないと思ったのだ。その人に影響を与えた本を教えてもらうことも、「なぜこの職業についたのか」の質問と同じくらい、その人の人となりや人生が見える気がしている。そうして最後にそのリストをもらい、感動のお別れをした。

どんな人にだって、優しい部分やお茶目な部分、熱く秘めた想いが絶対にある。目の前の人に興味を持って、リスペクトを持って接すれば、意外と人は心を開いてくれるものなのだと信じられた出来事だった。なにより、誰かの見えなかった部分を引き出せたときはなんだか心がポッと温かくなる。

こんな成功体験を胸に、今では近所の八百屋のおばちゃん、タクシーの運転手さん、病院の先生などなど、ありとあらゆる人間のチャーミングな部分を引き出したい！心の暖簾をくぐらせてほしい！と常日頃、そんな密かな野望を持ちながら過ごしている。

変人で生きる

高3のとき、それまでの息苦しい人生から脱却できたことでもう一つ幸運だったのは、そんな良き流れの中で大学へ進学できたことだ。

高校まで一緒だった同級生たちの多くが散り散りとなって別の大学へ進学。私は進学先として女子大を選んだ。そうすることで中高時代に悩みの種の一つとなっていた男子たちとの関わりも自動的になくなり、なにより生きる活力に満ち溢れていた私は、あえて教室の一番前に座って教授に鬼絡みしながら授業を受けたりもした。それがとても楽しかった。

女子大ならではのお上品なお嬢さんたちが多い中で、それはそれは変わったヤツだったと思う。アホにも思われていただろう。でも教授と話しながらだと授業への興味も理解度も増すし、なんだったらテストの傾向も教えてくれたりもする。つまらない授業なんかは特に、先生と仲良くなって、もはや個別指導のように授業をしてもらえれば寝てしまう心配もない。（失礼）

――なんて生きやすいんだ！

変な人だと思われたとて、学部も学科もたくさんある大学。中高のように私を元々知る人間はほぼいなければ、広い学食でひとりで食事をしてたってなんとも思われない。もはや最初から変人として生きたほうが楽だったのだ。

友達は多くはないものの、代わりに圧倒的変人な私をリスペクトしてくれる子もいた。ほとんどの先生とも仲良くなり、学食にいれば話しかけられたし、在学中の悩みなんかは、すぐゼミ室に押しかけて（別に自分のゼミの先生じゃなくても押しかける）お菓子を食べながら話したり。卒業した今でもご飯に行ったりするほどだ。

幼い頃はとことんまで〝人とは違う変な自分〟を嫌い、葛藤する毎日だった。だけど自分を変人として受けいれ、むしろそれを武器にすることができるようになった途端、あまりに快適な大学生活を送ることができたのだった。

「人間、そう簡単に変わらないよ」というセリフをよく聞く。

たしかに、簡単には変わらないかもしれない。でも、自分が本気で変わりたいと思えば、こんなにも180度違った世界を生きることもできる。

「人は変われる」

私は実体験をもって、そう信じている。

就活はノリで

大学3年生になれば自然と始まる就活。みんなが焦り出し殺気立っている頃に、私は信じられないほど悠長にしていた。

というのも、私が尊敬している父をはじめ、祖父も組織に属さず働いていたということもあり、自分が会社員として働くのはあまり想像できない部分があった。両親に就活のことを相談しても全くアテにならず、なおさらやる気が起きない。(人のせい)

でもある日「逆に両親や親戚に組織に属している人がいないならなおさら、私が経験してみるのもありかも〜！」なんていう斜め方向からの興味が生まれ、途中から就活に参戦。

とにかくやりたいことがなかった私はまず、会社の企業理念のみを片っ端から調べていった。自分の中で、仕事を通して「世の中の役に立ちたい」「人にいい影響を与えたい」というような漠然とした理念はあったものの、お金を稼ぐ手段（業界や業種）は見当がつかなかったし、もはやなんでもよかった。知っている名前の企業を片っ端から検索し、創立者の想いや社長の顔写真をみることがいちばんの方法だと思ったのだ。

理念や社風を軸に会社選びをしていくと、とにかく業界がバラバラ。建築会社や化粧品会社、食品メーカーやアパレル、不動産会社とかもとりあえず受けてみる。

面接時、「他にどんな企業を受けていますか」という定番の質問に、あまりに脈絡のない企業名を言うものだからか面接官も驚き、理由を尋ねられる。そしてそのまま素直に理由を述べると、そんな学生は少ないのだろうか、かなり話が盛り上がるのだ。自分でも驚くほどに、あれよあれよとトントン拍子に就活が進んでいった。

そのときの私はもう変人として開き直っていたので「まあ受からなければそれならそれで」「見る目がなかったんだろうな（強気）」「就活ってお見合いみたいなものだし♪」と軽いノリで進めていたため、それもある意味よかったのかもしれない。（受かった企業の面接官に、「詩織さんは肩の力の抜け方が段違いだった」と言われたことがある）

思いのほかイージーに進んだ就活も、悩むのはここからだった。意外にもたくさんの企業に声をかけていただいたので、そこからどこの企業を選択するのか、企業理念だけで決めてきた私にとって、苦渋の決断だった。

最終的に「きっと自分のことだから、就職しても長く続いて2年くらいだろう。だったら今の自分とはなるべく遠い環境に身を置ける会社に実験的に入社してみよう！」と、これまた就職先には大変失礼な好奇心に導かれ、とある企業を選択。

〝就職〟という、短い人生においての大きなイベントに対し、この好奇心は少しばかりぶっ飛び過ぎていた。と今では反省をしているが、あろうことか入社前の新入社員研修では泊まり込みで雨の中、山で走らされたり、朝は大声で理念斉唱がマストだったり。（声が小さいと何度もやり直させられる）とにかく思っていた以上に激しく体育会系。

社長の掲げる理念に惹かれて受けた会社ではあったが、大きな会社となるとそういった理念のようなものは伝言ゲームのようにありとあらゆる変化をし、自分のような一社員に届くときには全く別の形になってしまうのだなというのがこのときの学びである。

研修後に内定を辞退することもできたが、ここまできたのならば！と、何はともあれ働いてみることにした。（これまた変なチャレンジ精神）このとき「まあ頑張って2年は続けられてたらいいな～」なんて思っていたけれど、結局一年も経たずにストレスが体に出てしまうようになり、続けられなくなってしまう。

会社というのはそういうものだとはわかりつつ、「この商品をこれだけ売る」だとか、「組織の上の人に言われたことにそのまま従う」みたいな働き方が自分には合わないと悟った。最初はそこになんとか楽しみを見出そうとはしたものの、教習所や塾の前例のように、「楽しくないんだったら、自分で楽しめる方向に持っていこう」という原動力さえ、次第に湧かなくなってしまっていた。

また、これも組織として当たり前なのかもしれないが、周りにとにかくイエスマンが多かった。バックヤードに戻れば愚痴を言うが、上司の前ではイエス。最初はその光景が異様だと思っていても、この場所にずっといるといずれ私もそうなってしまう気がして怖かった。でも、それが一刻も早い社会適応なのだということもわかっていた。

とにかく会社員として適応できない自分は情けなく、だからといってこの大きな組織を変えていこうと思う気力もなく。だんだんと無気力になってしまい、痺れを切らして退職。大体の人が転職先を決めてから退職すると思うが、とにかく会社員という肩書きさえしんどかった私は、後先考えずニートを選んだ。一旦ゼロにするほかなかったのだ。

〈余談〉

会社が悪かったわけではなく、きっと会社員という肩書きや、大きな組織そのものが私とは合わなかっただけだということは話しておきたい。本部の皆さまはいい方たちで、退職時、理由を包み隠さず本音で話すと引き止めてくれたものの、私の意志を尊重してくれた。今でも連絡を取り合っているし、ご飯も行くし、なんだったらＹｏｕＴｕｂｅも応援してくれている。（優しすぎ） 今思えばそもそも就活理由が安易だったし、自分は組織に合わないんだろうなあと端からわかっていた上での就職だった。もっと辛くなる前に、大きな組織だとしても諦めず本部に直談判しにいくなど、そんなこともできたらよかったなあなんて反省もアリ。

ただ、組織に属したことでの学びもあったし、経験も大いにできた。ゆえに、自分の選択すべてに後悔はしていない。居心地のいい会社に入っちゃってたら、ＹｏｕＴｕｂｅｒになる未来は到底なかっただろうしね～!?

父が入社式の日にくれた花束と手紙。
お手紙通り、無理せずすぐやめました。ごめんね

なんとなくYouTube

念願のニート生活も、1ヶ月ほどで暇を持て余す。

さすがにバイトでもしようかなと、大学時代にバイトをしていた大好きなタイ料理のお店に戻って手伝ってみたり、ほかの飲食店に応募して、今度はキッチンで働いてみたりした。そこはかなり本格的なことをやらせてくれる飲食店で、出汁《だし》をとるために丸鶏から皮をはいで綺麗に洗ったり、何十人分も炊ける炊飯器でご飯を炊いたり、盛り付けや切り方を教わったりなど、大好きな食関連の学びができてとても楽しかった。なによりほかならぬ、賄いがうれしい。

組織というものが惜しくも合わなかったけど、人生における「学びたい欲」みたいなものは健在で、今度は新橋《しんばし》、二子玉川《ふたこたまがわ》、日比谷《ひびや》、代々木上原《よよぎうえはら》……と、出稼ぎのごとくいろいろな場所で働いてみたりもした。

家から片道1時間かかる店でも働いたし、交通費の支給範囲を超えていた店もあったが、とにかくお金を稼ぎたいというよりは、楽しみながら学びたい。地域によってお客さんの雰囲気もガラッと変わって新鮮な気持ちになれたし、行き来も全く苦ではなかった。

そんな楽しいフリーター生活が2年ぐらい続いた2020年、新型コロナウイルスがやってくる。

飲食店はもちろん大打撃で、アルバイトに出られる日も減っていき、シフトが削られる一方。とにかく暇で仕方がなかった。なのにもかかわらず、コロナの蔓延で友達とも会えず、ただただ引きこもることしかできない日々……。あの頃地球全体を支配していた「会いたい人に会えない」「やりたいことができない」人々の怒りや悲しみだけが感

楽しみながら学ばせてもらっていたフリーター時代。今から思えば結構似合っているキッチンエプロン姿(?)

じられて、心がずんと暗かった。

天災だとすれば、人と人とが手を取り合って協力して復興に臨めるべきところ、ウイルスというのは目に見えず、そして人と人とを物理的に遠ざける。仕方ないこととはわかりつつ、人を疑ったり避けたりする風潮が耐え難いほどにしんどい。まるで学生時代に逆戻りしてしまいそうなくらいに、どんどんと自分の心が閉じてしまうような気配を感じた。

ただこのときの私は幸か不幸か、フリーターだ。なんならシフトを削られてほぼ家にいるので、もはやニート。暇を持て余している。

ふと、YouTubeをやってみようかと思った。本当にふと、だった。

初めは友人たちに面白がってもらえるように、はたまた、生存確認をしてもらいたいかのように、ホームビデオなるものを上げていた。当時は実家でニートをしていたので、せめてもの償いをと、家族みんなの晩御飯を私が作る日もあった。その晩御飯を上げてみたり、ケーキ作ったり。不特定多数に向けるというよりは友達向けだったので、本当に粗末な動画を気のまま好き勝手あげていた。

登録者といえば当たり前に友人のみ。有名になりたいと意気込んでYouTubeや

SNSを始める人は、登録者が増えてからリアルな友人たちに公表するなんてパターンが多いらしい。しかし私は有名になろうなんて微塵も思っていなかったため、とにかく登録者はまず母と父で2人。それから親戚などで10人ほど。そこから仲良しにLINEでURLを送りつけてみたり、個人でやっているインスタなどで「YouTube始めたよ！　暇な人みてねー！」と、50人くらいからのスタートをきった。

ちなみに当時から、チャンネル名は【しおりのなんとなく日常】。命名者は父。始める前に何気なく「チャンネル作るんだとしたら名前何がいいかな!?」と聞くと「なんとなく日常じゃない？」てな感じで、そのままなんとなく採用。そのときは、登録者数が38万人もいくとは父も私も思っていない。そのときも全く実感が湧いていないし、目に見えない38万という数字は本当なのだろうか、もしかしてGoogle工作員!?と、疑ってかかっている。（ありえなくはない）

そんなYouTube内でも、これまで過去の話は一切したことがない。正直、自分でも最大限に辛かったときのことは思い出せないし（思い出したくもないくらい）、過去は過去で今は今。YouTubeを観てくれている視聴者さんに対しても、「今現在のちゃらんぽらんな私」を、ただ眺めていてほしい、みたいな願いさえある。

YouTubeを始めてから二回目くらいの動画。友人から「観ながらオムライス食べたよ!　応援してる!」と送られてきた写真。なんだかんだ、最初のそういう友人とのやりとりがなかったらすぐにやめてたと思う。(飽き性なので)感謝だなぁ

そんなんでこの章を書くにあたるも「こんないち一般人の重苦しくつまらない話を誰が求めているんだ?」と需要への不安が募り、過去については語らずでもいいのではないかなどと悩み続け、書き終えるのに相当な時間を要してしまった。

ただ、過去の自分が今の人生、そしてこの後に続く3、4、5章の土台なのは間違いない。辛かった過去と今一度向き合うという作業も現在の自分と向き合う一つの方法なのかもしれないと思い、この機会を存分に利用させていただきつつ、文章という形でこの章に収めさせてもらうことにした。いざ事細かに振り返ってみるとだいぶ頓珍漢な人生で、とにかく不器用な性格だということをあらためて実感。

しかし、こんな不器用な人間でもなんとなく生きていけることが読んでくれた皆さまに伝わったのなら本望であり、そして、これからもきっとなんとなく生きていくことをここに記したい。

00:09:34
BIG

3章　食べたいものが多すぎる　——勇敢な胃袋を相棒に

魔法の薬

あらためて、『しおりのなんとなく日常』というYouTube。
簡単に言えばよく食べよく飲む私をありのまま垂れ流し、おいしいご飯をおいしい！好きな飲食店を好き！とシンプルに感想を伝えるチャンネルとなっているが、動画の有無にかかわらず、食べ飲みすることがなによりも生き甲斐でオアシス。今となってはひと月の生活費の8割が食費と言っても過言ではなし。視聴者さんから「小さい頃からよく食べる子だったんですか？」と聞かれることが多いのも、なんら自然なことだろう。

生まれて間もない頃、何かを口に入れてないと気が済まない赤ん坊だった、と母は言う。一口目を運んでもらって次の二口目に辿り着くまでの時間（多分3秒くらい）すらお利口に待てず、机をガンガンと叩く始末。またある日は母の目を盗んでコンソメのキューブをそのままガリガリと齧《かじ》っていたこともあったとか。（いくらなんでも塩分過多すぎて心配）

その結果、アカチャンらしくぷくぷくと、といえば聞こえはいいけど、まるまる順調に育っていった。

が、そんなふうに母が語るのとは裏腹に、私の記憶の上では物心がついた小学生以降、食べることに対して無関心だったように思う。

「私の記憶の上」という曖昧な表現なのは、それくらいに「食べもの」との思い出がなく、食べることが好きだったか否かということすらも、ぱっと思い出せないくらいだからだ。「嫌い」というよりも、「無関心」に近く、ただただ食べることが面倒くさい。今となっては信じ難いほどに。

前章でも触れたとおり、気持ち的にも沈みがちだった高校生半ばくらいの時期までは、人生の後ろ向き加減と比例するように、食べることに関しても消極的。「生きることは食べること」というのは本当によく言ったもので、生きる気力がなければ、食べることへの興味も湧かないのかもしれない。

ただ母は、父方の母（たけちゃんばーば）がいつも褒めるくらいにとても料理上手で、「しーちゃんも料理上手になるわよ、なぜってママがこんなにも料理上手なんだから」と、絶賛の嵐。母は、家族のためならば手間を惜しまず、春になればふきのとうの天ぷら、夏はゴーヤーチャンプルー、秋は栗ご飯、冬は金目鯛《きんめだい》の煮付けなどなど、旬の食材をふんだんに使った手料理を振る舞ってくれていた。

食卓に並ぶ手料理たちをすべて食べ切ることはできなくとも、そこに込められた母の普遍的な愛情は当時から汲み取っていた。偏った食事ではなく、さまざまな食材を駆使しておいしく食卓に並べてくれたからこそ、今では好き嫌いなく、食に偏見のない大人になれた気がしている。母のおかげで、今の私は「食べ物に好き嫌いがない」というかけがえのない長所、ストロングポイントを手にしたのだ。

どんなジャンルも食材もいけるので、誰とどこの飲食店に行っても、どの品を選んでもらっても構わない。食べたいものが多すぎて料理を決められないときなんて、目を瞑《つむ》って上から指でメニューをなぞり、指を止めたところの料理を注文したりする。(伝われ) アルコールでも日本酒でもワインでもどんとこいだし、言うなれば〝好きの幅が広い〟タイプ。一般的に「好き嫌いが分かれる」と言われるようなクセのある食材もむしろ大体好物だ。

小さい頃はこの「好き嫌いゼロ」の恩恵を受けることは少なかったし、今ほど長所だと思ったこともなかった。だけど大人になってからというもの、今の活動に繋がっていることはもちろん、初対面の人との食事で気を遣わせないで済むし、友人たちとの持ち寄り宅飲みパーティー！みたいなもので、作ってもらったものが食べられない！　残っちゃう！という地獄のようなことも起こらない。みんなが残したものは私がすべていただくので、我ながらひとりでもこういう人を招いておくといいと思う。（いうてそんなオシャレな持ち寄りパーティーなどは稀だけど）

「なんでもおいしそうに食べるけど嫌いな食べ物ないの？」という質問に「本当に全くないよ、食べたことないけどたぶん土も好き！」なんて答えると、笑われ、驚かれ、うらやましがられる始末。どうやら今まで自分の中で当たり前だった「好き嫌いゼロ」というのは、世の中的には当たり前ではないらしい。

今思うと食に無関心な時期はあったものの、元々嫌いな食べ物はほぼなかったし、嫌いを克服！みたいなパターンさえ少ない。なぜこうも好き嫌いがないのか？を考えてみたときに、母の手料理以外に、もう一つ思い出したことがある。

「煎じ薬」だ。

幼少期に喘息で入退院を繰り返し、病弱だった私は漢方でも治療をしていた。大人になった今でさえ飲みづらさで敬遠されがちな漢方を、「好き嫌い」もよくわからないようなアカチャンの頃から飲み続けている。

煎じ薬は、漢方の粉薬ver.の不味さを遥かに超えてくる。粉薬の不味さがLv.45だとしたら煎じ薬はLv.230。言語化するのも無理があるけど、あえて言えば苦くて甘くて塩っぱくて酸っぱくて辛くてしつこくてうるさくて……とにかくこの世のあらゆる味覚と形容詞がぶつかり合う。不協和音のような味だ。

飲むときは常に地獄だったので、鼻をつまみながら、ほっぺに飴を入れながら、などのあらゆる作戦で戦ったが、最終的には母に横で「頑張れ！　いけいけ！　ゴーゴー！」と手拍子をしてもらう方法に辿り着いた。もはや飲み会のコールと同じそれ。

そんな地獄の飲みものを知っているからこそ、どんな味の掛け合わせにも動じない味覚を手に入れられたのかもしれない。食前のあの時間、涙しながら飲みきっていた憎き煎じ薬に、今となっては大感謝をしている。（喘息も治ったよ）

食べてる姿は、人を幸せにする？

高校3年くらいの頃、少しずつ自分が変わり始め、学校に行けるようになってきたあたりから、だんだんと食に対しての興味が湧いてきた。

通っていた中学校は一貫校だったので、高校まで学食があった。でも基本的には母が作ってくれたお弁当を食べていたのと、なにより学校に行く回数が圧倒的に少なく、もしくは昼休み以降の登校だった私にとって、学食はあまり縁のないものだった。

そんな私が学校に1限から行けたとある日、ついに学食デビュー！　2限目と3限目の間の少し長めの15分休み、友達と一緒に食堂へ向かう。

そこにはポテトやナゲット、アメリカンドックなどのホットスナックがあり、はたまた購買にはポテチや『ブルボン プチ』シリーズ、みたらし団子やくるみゆべしとかまで、なんだかウィットに富んだ商品も陳列されている。

しっかりと朝から授業に参加すると自然にお腹が空いてくる。当たり前だけど脳みその稼働を感じた。そこから2限と3限の間には食堂に向かうことが多くなり、パックのいちごミルクとくるみゆべしという、センスを疑うような組み合わせにハマって毎日のように食べていた。

するとどうだろう。あまり人に食べている姿を見せてこなかったからだろうか？　はたまたそこまで食に興味がなかった生活のせいで、ガリガリの体つきだったからこそのギャップがあったのだろうか？

「しおりって案外よく食べるんだね！」みたいな驚きから始まり、「しかもくるみゆべしといちごミルク!?」なんて、友人たちが楽しそうに盛り上がってくれたのだった。

食から派生するそんな会話がなんだかとても自然でうれしくて、今日も食べてますよと言わんばかり、明日も明後日もそのまた翌日もくるみゆべしを買いに走る。このあたりから、人並みの食欲を取り戻してきた気がする。

そこからさらに食への興味関心が加速することになったきっかけは、大学生になって始めたタイ料理屋さんでのアルバイト。

そこでは毎回、無料の賄いがあった。その賄いがこれまた心底おいしいこと！

そしてここでもバイト先のみんなが、「おいしそうに食べるね～！」「食べっぷりがいいね」と、やはりすごく喜んでくれた。

賄いの中でも特にお気に入りは〈カオカームー〉という豚足煮込みご飯と、店長が作

大学時代を捧げたと言っても過言ではないタイ料理屋さん。個人店だったこともあり、賄いの融通がきいたんだ～（歓喜）

る〈トムヤムチャーハン〉。これがまた格別！　ときにはメニューにないものを即興で作ってくれたり、パクチーを好きなだけ入れていいよと言ってくれたり。（私は無類のパクチー好き）トッピングで載っていた揚げ目玉焼きをそれはそれはおいしくいただいていると、「もう1個いる!?」なんて気前よく聞いてくれる社員さんたち。バイトに入りたての私にとって、こんなふうに賄いを通して広がる、他愛もない会話が大層幸せだった。

　こうしていつしか、昔は感じたことのなかった〝ご飯の時間がなによりの楽しみ〟という感覚が芽生え、同時に胃袋のキャパも急成長。

　小学生の頃の、食に無関心だった私はどこへ？と、まさか食に生かされる人生になるとは、自分自身も、そして母も驚きなのであった。

〝はしご酒〟の原点

食べることへの興味を育ててくれた、バイト先のタイ料理屋さん。オープニングスタッフとして働き始めた私はそのお店が本当に大好きになっていった。

食事がおいしかったことはもちろん、働いてる人もお客さんもみんなオープンな人柄というか、とにかく明るいお店だった。まるでタイにいるような店構えとチープな椅子やプラスチックの食器。夏はオープンエアでほぼ屋台さながらに営業していて、あえてクーラーをきかせず、現地感満載な気温。キッチンのみんなはほぼサウナ状態で仕事をしていた。

そんなお店に容赦なく入ってくるお客さんたちは皆、安定志向というよりは冒険家志向。「お客さんにニーズを合わせる」というより、「ニーズに合うお客さんしかこない」という私なりの見解すらある。場所もカオスな都市・新宿のど真ん中だったということもあり、働く人やお客さんの国籍も性別もごちゃ混ぜ。多様性なんて言葉を肌で感じられた。

多種多様な人たちの中で学んだことはたくさんあるけれど、やっぱり一番はホールでの接客対応やぶっつけ本番のコミュニケーション能力だ。毎日違うお客さんと違う会話ができる日々が本当に楽しかったし、「お金を稼ぐために働いている」みたいな概念はほぼなくなっていて、楽しい！　勉強になる！　とにかく賄いがおいしい！みたいな一石三鳥状態に。

そんな愛するお店でバイトを続ける中で「私が愛してやまないこのお店の魅力を、どうしたらもっとたくさんのお客さんに愛してもらえるのか」と考え始めるのも自然なことだった。この店からもらったポジティブな気持ちを、お店やお客さんに還元したい！と、我ながら熱すぎる気持ち。（社員かよ）お客さんの名前を覚えたり、ほぼ毎日シフトに入ったりなど、お店のためなら底抜けに頑張れたのだった。

その結果、新店舗の開店日には必ずオープニングスタッフとして呼ばれる、プレ社員のようなポジションにまで昇格！　昔から必要とされるとうれしくて、必要以上に頑張ろうとしてしまうガキなので、「まかせな〜！」という面持ちで肩をブンブン。相当漲《みなぎ》っていた。

そこからはプライベートで飲みにいくときも一丁前に、メニュー内容や書き方、店内の雰囲気や動線がどうなっているのか……みたいなことまで気になってしょうがない。

お店のいいところ、ときには惜しいところを発見することで、「バイト先の魅力をもっと引き出すためにはこういう改善ができるかも！」という学びを、自分なりに吸収。おせっかいながら、仲良くなった店長や社長にまで話したりもした。

飲食店研究への熱量はバイト先で働いているメンバーも同じだったので、休みの日は一緒に大衆系の居酒屋を中心に気になる飲食店を回った。2、3品食べたら次のお店へ。それを繰り返し、飲食店が豊作な駅や、開拓したい地域によってはお昼スタートで6軒ほどまわったりなどなど。

そう、いわゆるはしご酒だ。

当時大学生だった私は、社員さんや先輩アルバイターさんたちが、学生じゃ到底入りづらいような渋〜いお店に連れていってくれるのがうれしかった。同年代が行く、安くて入りやすいチェーン店にはない個人店ならではの良さを、一店一店噛み締めて学ぶ。

そんなこんな、はしご酒の楽しさにまんまとハマっていった。あのとき初めて〝おいしいの先にあるお店〟を探求する楽しさを知ったのだとも思う。

“食”と“お酒”の相乗効果

「お酒好きは甘いものを食べない」みたいな定説があるけど、再度おさらいしておきたい。私はそれに全く当てはまらない。

むしろ本当の酒飲みこそ甘いものが好きなのではとさえ思うくらいで、最近はウイスキーのストレートと和菓子の組み合わせにハマっている。もちろんチョコとかドライフルーツでもおいしいのだけど、そこをあんことか練り切りで。繊細ながら深い味わいの練り切りを口にしつつ、ウイスキーストレートを舐める。（飲むではなく舐めるのがポイント）ちょっと上級者っぽさも醸し出せるので、ぜひお試しいただきたい。

一概にお酒好きと言っても、二手に分かれる気がして、“食べながら飲みたい人”と“飲むと食べない人”。私は断然、前者だ。

私にとって「飲み」というのは「食」ありきだし、おいしいご飯があるからお酒が進む。その逆も然り。相乗効果とでも言いましょうか、掛け合わせるとおいしい食材というのがあるけど、そこにお酒が追加されるなんて、食の可能性は無限大……！

究極のところ「おいしい」なんて感覚は人それぞれなので、そもそもごまんとある食とごまんとあるお酒のペアリングに正解はない。そこがイイ。小さい頃から、正解が決まってる算数より国語のほうが好きだから尚更。（？）

まあ欲をいえば、甘いものとしょっぱいものを交互に食べながら飲み続けたい。そこにお酒が加わってしまえばもう！　胃バグ待ったなし！

もはやただの食いしん坊説もある。

市場《いちば》の活気は国の活気？

市場に重きを置いている国が好きだ。

市場が元気な国というのは、きっと勢いがある国だし、市場に併設される屋台に入れば、すぐさまその国の健康度合いがわかる気もする。

命が丸ごと雑多に陳列されていて（雑多に陳列って日本語おかしいかな）、それを各国の威勢の良いおかんが売り捌《さば》く様子。よくよく考えたらカオスだと思う。

そんな市場や屋台が恋しくなると、私は決まってアメ横に向かう。

あまりに安く売られる魚たちにはどこか不安を感じるし、魚の出身や衛生面を危惧してしまう。異国情緒漂う屋台通りなんて、もはや日本ではない気さえするほどだ。

とある日、豚足が食べたくなってアメ横屋台の中華料理店に入った。まわりは全員、他国の人々。外で飲める幸せと、ぐらつきのある簡易テーブル。日本語が一切聞こえてこない活気のある空間が、私の内なるものを解放させる。

大好きな豚足を頼んだのも束の間、向かいの相席兄ちゃんと目が合った。

「よかったらタベテミル？」

カタコトの日本語で、でっかい揚げパンを指差した。中国の方かな、と私。母国の味を教授したいかのように見えたから。

「一口いただくね！」と頬張ればフワフワ熱々。ナチュラルで素朴な味わいだが、そこに豚足なんか挟んだものならもうそれは、中華街でよく食べる角煮まんを悠々に超えてくる一品が完成するのではないか……!?

と、そこへ豚足が届いた。ぷりぷりだ。人間で言うと、おしりくらいじゃないと考えられない。（メモ✎豚の足は人間のおしり）

一口食べて秋風を吸い込み、ハイボールで流し込む。その一連の動作にひとり酔いしれながら、先ほどの兄ちゃんと会話する。

「おいしいですね！　このお店にはよく来るんですか？」

「初めてです」

「中華料理だと、このへんでよく行くおすすめはどこですか？」めっきり中国の方だと決め込んで話している私。

「私はカンボジア人なので……」とアセアセオドオド気味の彼。

たまげた！　完全に、異国情緒バグを起こしている。よく考えたら私以外全員中国人だと思い込んでいたけど、よくよく耳を澄ませば確かに中国語ではない気もしてくる。ただわかるのは周りの人々、皆どこの国から来たのかということにかかわらず、大層おいしそうに怪しげな中華料理を食べているということ。今度はうしろの兄ちゃんに「それオイシイ？」とこれまたカタコトで聞かれ、「おいしいよ」と答える。そこにまたひとつコミュニティができる。やっぱりおいしいものに国境はない。

そのあとも異国を感じたくなった私は、同じ通りのケバブ店に入りMサイズのケバブサンドを注文。すると店員さん、「大盛り無料、サービスネ★」と、もはやLLサイズにしてくれたのだ。

思わずゲットしたでかケバブを幸せな気持ちでガブリ、一息に頬張る。

気持ちいい〜〜〜！

ひとり静かに唸ってしまう。

自分の口より大きいものを頬張る瞬間は、なぜこんなにも気持ちいいのだろうか。

「LLサイズ最高！　ニイチャンデカした！」人目も気にせずぼろぼろと落ちるケバブにがっついていたそのときだった。

「よかったら写真撮っていいですか？」と隣でケバブ待ちをしている30代ほどの女性たちから声をかけられた。

たまげたー！（本日2回目）

私がYouTubeをやってるとは知らないであろう、ただ話しかけてきてくれた女性。理由は「タイプだったから」とのこと。さらに、「あまりに気持ちよく食べているから」と、謎の動画撮影会の始まり。この仕事をしている以上、これほどまでにない褒め言葉である。うれしくて余計に酔いが回る。でかケバブに負けないほどの、人情の厚さたるや。

揚げパンをくれたカンボジア人、サービスしてくれたケバブニイチャン、極めつけには謎の撮影会。1時間足らずの内容とは思えない濃いひととき。人と人との距離がバグる、そんな魅力が市場にはある。

「将来日本にでっかい市場を作りたいかも〜！」

ありがたいほどに濃いハイボールを飲みながら、回らない頭で考えた。

食欲はお利口

人間には欲求が絶えない。金銭欲・承認欲・睡眠欲・性欲・そして我らが食欲！（？）

そんな数々の欲求の中でも、特に食欲はお利口だなと思うことがある。

というのも、わかりやすく金銭欲で言えば、際限がない。お金がありすぎて困ることはなさそうだし、あればあるだけ貯金もできる。100万円手に入れてしまったら、次は1000万円を手に入れたいし（当たり前）、その次はきっと億単位？（欲しい）

一方食欲というのはよくできていて、お腹が一生空かない人なんていないけど、365日絶え間なく食べ続けるのはムリ。基本的に「お腹いっぱい」の限界がある。

きっと大好きなウニ軍艦だって100貫出てきた頃には嫌いになっているだろうし、いくらマヨネーズが好きだからといってマヨネーズを一本丸々飲むことは並大抵の人間には厳しい。（慎吾ママは話が別）

もちろん私だって、お金も地位も権力も欲しいのは山々。（？）

ただ、人間が人間の中で作り出した欲望より、生まれたときから神様が備えてくれた「食欲」のほうが、なんとなく信頼度が高い気がするのだ。

そんなこんなで今日も私は食べたいものを食べる。食が好きでよかった。

食欲へ、一生ついていきます！

健康飲兵衛《のんべえ》への道

YouTube上ではもちろん、友達と会うときも基本的には夜、飲みながらになることが多い。（類は友を呼ぶ）

だから家でひとりで食事をするときくらいはいわゆる「休肝日」としている私。

まず第一に体が健康でないと、はしご酒もひとり旅も楽しめない！　そう思うと、健康への意識はおのずと高まってくる。目指したい肩書は〈健康飲兵衛〉。

ありがたいことに自炊は苦じゃないし、むしろ自分のための自炊は趣味と言ってもいいほど。ただ、こういう話をすると定型文のように聞かれる「得意料理は？」という質問には頭を抱えてしまう。というのも私が作るのは自分のための、名もない料理だからだ。肉じゃがを作ってる最中に気が変わって余ってたごぼうを入れてみたり、カレー粉を入れてみたりする。はて、これはなんという料理なのか。

こんなふうに「まずくなってもいい」という保険付きで、実験のごとく作る料理は楽しくて仕方がない。

そこで頼もしい味方になってくれるのは、近所の八百屋さん。

スーパーでは1個130円ぐらいするパプリカが、3個100円で売っていることもあり、テンション爆上がりの大歓喜。しかも八百屋さんには毎日違う野菜が並んでいる。その中から一番安いお野菜を買って、そこから何を作るか決めるのが定番の流れだ。

(といっても手の込んだことはできないのだけど)

野菜は、私の生活に欠かすことができないものだったりもして、引越し先を決めるときは、「八百屋さんが近くにあること」を密かな条件にしていたほど。飲み過ぎ食べ過ぎ、油っぽいものしょっぱいものを連日摂取し続けていると、体が自然と野菜を欲するのだ。前世は草食動物だと思う。

体からのSOSをキャッチすると、ありったけの野菜をオーブンに入れて、塩胡椒だけの味付けで食べたりする。これが侮るなかれ、本当においしくて体も心も満たされる。

野菜は健康やダイエットのために、苦手だけど我慢して食べるという人も多いだろう。だけど私にとっては「我慢の野菜」ではなく「念願の野菜」だ。野菜が足りていないときは、栄養が体に行き渡らないのか、わかりやすく体や肌、心までも元気がなくなる気がする。

なるべく3日に1回は自炊をする日を作り、野菜をモリモリといただく。それは「気をつけてやっている」ことではなく、「やりたいからやる」こと。次の日の元気に繋がる、私なりの前向きなルーティンなのだ。

蓋が閉まり切らないほどのパンパンの野菜。無理ある

なんてったってブロック肉

スーパーのチラシって、なんであんなにワクワクするのだろう⁉

「本日限り」みたいな特売品にも目がなくて、とにかくお買い得な食材だけを使ってメニューを考えることが大好き。これを己の手でいかにおいしくしてやろうか！と、考えるだけでトキメク。

特にクリスマスシーズンや年末年始になると、ちまたのスーパーはどこもかしこもお祭り騒ぎ。いつもは置いてないような高級食材や大容量パックなどが、ところ狭しと並んでいる。カート上下のかごがパンパンになっている家族連れを見るのが大好きで、いつにも増して妄想が捗る。

「あ〜、あのお母さんきっとビーフシチュー作ろうとしてるんだろうなあ。そいでデザートはいちごか！　いや、生クリームがあるし、手作りショートケーキを作るのかもー⁉」

こんな幸せの光景見たさに、12月になるとスーパーめぐりをするくらいだ。

そんな中、とある年のクリスマスの日。

普段自分のための自炊に使う食費なんて削れれば削れるほどいいと思っている貧乏性な私にとって（直したい）、２００円以上の野菜はもはや高級品で手が出ないこともしばしば。だけど今日はなんてったってクリスマス！　何か少しくらい自分のための贅沢をしようと決意。高まる気持ちでスーパーへ向かった。

とは言いつつ普段からほぼ特売品シール縛りで買い物をしているからだろうか、贅沢には不慣れ。急に財布の紐が緩くなるわけでもなく、もはやいつものように特売品探しをしている自分に気づく。

そうこうしているうちに近所のスーパーを3軒はしご。ようやく購入できたものは、「超目玉」と書かれた約３３２円の豚ヒレ肉ブロックだ。

もっと豪勢にいけよ！とのヤジが聞こえてきそうだ

どーーん

もちろん赤ワインとパンで〜!
メリークリスマス

けど、年末だからと紐の緩んだ財布を狙ってくる、あみだくじができそうなくらいの霜降り肉やら分厚い鴨ロースなんぞがこちらを誘惑してくるものなら、逆に「負けないぞ」と変な対抗心が生まれてしまう。（天邪鬼）

そこで辿り着いたのがこの、シンプルだけども絶対的な安心感をもたらしてくれる「超目玉」豚ヒレブロック。「超目玉」シールには、普段贅沢慣れしていない私の葛藤を解き放ってくれる、そんな力が秘められていたのだ！

その夜、この豚ヒレを使い、ちょっとリッチなディナー気分で〈赤ワインの牛ほほ煮込み〉ならぬ〈赤ワインの豚ヒレ煮込み〉を作ってみた。自分で言うのもなんだが、かなりうまくできた。ぱっと見、３００円台のお肉だとは思えない。（あくまで自称）

「広告の品」「特売品」「超目玉」が好きな理由はここにある。「安い食材で、ここまでおいしいものを作ったぞ！」というゲームをクリアしたときばりの清々しいこと！　これぞ、金額では得られない達成感。ひとり暮らしにふさわしい、なんとも幸せなクリスマスを過ごせたのでした。めでたしめでたし。

ここでいきなり

しおりのなんとなく四捨五入レシピのコーナー

食べれば大体あの味！　適当すぎるけどわりとイケるレシピを紹介。

四捨五入！ なんとなくわらび餅

材料

絹豆腐、きな粉、黒蜜 or 蜂蜜（すべて適量）

作り方

絹豆腐にきな粉と黒蜜（or 蜂蜜）をかけるだけ！

「もちっとした食感でまるでわらび餅っぽい仕上がり。夜に小腹が空いちゃったときはコレ！」

四捨五入！ なんとなくコールスロー

材料

キャベツ、無糖ヨーグルト、クミン、クコの実、塩、レモン汁（すべて適量）

作り方

1 ピーラーを使いキャベツをトンカツ屋さんのキャベツみたいに細かくする。
2 塩を少々振り水を切ったら、無糖ヨーグルト・クミン・クコの実・レモン汁を入れる。

「クコの実がなかった日、それならそれでと刻んだデーツを入れてみた。スパイスの利いたコールスローっていう感じでおいしい」

四捨五入！

なんとなく アサイーボウル

材料

甘味ゼロのプロテイン…………1スクープ
ヨーグルト、ココアパウダー、
無糖きな粉、冷凍ブルーベリー、
バナナ……………………………少々

作り方

すべての材料を混ぜ合わせるだけ！

「これは飲んだ後に動画とかでもたまに食べていたりするもの。よく“あれなんですか？”と聞かれるのだけどなんて説明したらいいかわからなくて。これでした！」

四捨五入！

なんとなく コングクス

材料

無調整豆乳………… 200ml
お酢…………………… 大さじ2～3
おからパウダー…… 大さじ1
めんつゆ……………ちょろろ（お好きに）
そうめん…………… 1～2束（好み）
きゅうり、大葉、
キムチなど………… 適量

作り方

1 お酢に無調整豆乳を入れてトロッとするまでかき混ぜる。
2 めんつゆとおからパウダーを入れる。
3 ゆでたそうめんを入れ、好みのトッピングを載せて完成。

「1の段階でドリンクとして飲むだけでもおいしい！」

4章　言語も肌の色も違くたって　——旅で出会った気持ち

子女の小さなひとり旅　アメリカ　フィンランド

父の仕事の関係で、小さい頃から海外に行く機会が多かった。私が生まれる前まで家族はハンガリーに住んでいたそうで、兄は帰国子女と名乗れるらしい。ずるい。長くても2、3週間くらいの滞在しかしたことのない私はただの子女だ。

とはいえ、海外の文化に幼い頃から触れる機会があったことは今考えるととても恵まれていたと思うのだが、当時の私はどちらかと言えば消極的。両親が行くから仕方なくついていく……といった具合だった。それでも日本を出れば世界の広さというか、「今自分の住んでいる世界だけがすべてではない」ということが、肌感として自然と染み付いていたと思う。

高校生くらいになると自主的に、父の仕事について海外へ行かせてもらうようになっていった。当時なにかと闇の中に気持ちが葬られることが多かった自分にとって、海外に行くということが気分転換になっているところもあったのだ。

しかしながらあくまで父は仕事。予定もみっちりとあるために私とは別々の飛行機に乗り、現地で合流するというスタイルが定番だった。今考えると高校生にしては割とチャレンジングだったかもしれない。

あるときはヨーロッパ・フィンランドのヘルシンキ空港で集合する約束だったが、私の乗っていた飛行機が予定よりだいぶ早く空港に到着。父が迎えにくるまで「ちょっとカフェでひとやすみ～♩」なんてひとり悠長にしていたところ、知らぬ間にうたた寝をしてしまった。連絡がつかない父は大慌て。連れ去られたんじゃないかとか、どこかで倒れているのではとよからぬ理由が頭を駆け巡り、死にかけたらしい。（パパごめん）

結局空港内で、意味のわかるはずもないフィンランド語と「シオリ〇〇（苗字）～」という日本語の入り交じったアナウンスで飛び起きた。高校生になって迷子のアナウンスをされるとは思ってなかったし、今では笑い話であるのだけど。

そんな父との旅で特に印象深かった滞在先は、アメリカのソルトレイクシティとフィンランド。

ソルトレイクシティは、アメリカのユタ州に位置する街。宗教都市と言われるところで、その関係でルールがいろいろあり、父たちが「お酒がどこにも売っていない！」と嘆いていた。（その頃はお酒なんてなくてもいいじゃん～！と思ってたけど今なら気持ちが痛いほどわかる）過去に行ったことのあるいわゆるＵＳＡ★な他の州とはまた違った香りと雰囲気、独特の文化を感じて、アメリカのデカさを実感。自分だけでは訪れるきっかけがなかった場所かもしれない。

フィンランドはなんてったって驚くほど、無料で入れる美術館が多い！　それをいいことに父が仕事をしている時間にはひとりふらふらと美術館をめぐり、ブティックやらおしゃれカフェやらにも入ってみたりした。少しの緊張はあったけど、せっかく異国へ来ているのだからひとりホテルでただ父の帰りを待つだけではもったいない。そう思い、ひたすら街をブラついた。

フィンランド語はおろか、英語だって中学生以下の単語しかわからない。だけど知らなくてもわからなくても、ジェスチャーやパッションで案外どうにかなった。アジア人（特に日本人）は童顔に見られるとよく言われるけれど、当時高校生だった私はフィンランド人にとって、小学生にさえ見えたかもしれない。そんなことを逆手に、無知で当たり前のガキ！として好き勝手できることが冒険のようで楽しかった。（絶対買わないだろみたいな高級ブティックにも飄々と入った）

肌の色が違えど、喋る言葉が違えど、結局は同じヒトであり、子どもは子どもだ。

こうしてすでに〝ひとり〟に慣れていた私は、徐々に〝ひとり海外〟も楽しめるようになっていくことになった。

タガメも食べる好奇心　タイ

大学生のとき、タイ料理屋のアルバイトにもはや社員並みの熱量を注ぎ全身全霊働いていたというのは前章の通り。ほぼ毎日のように働き、食べているタイ料理の本場の味を知らないのはいかがなものか……そんなふうに考え出した頃、将来独立希望の社員として入ってきた30代のミサトちゃんとタイに行くことにした。出会って1年も経ってなければ、年齢も10個以上違う。

ただそんなことはどうでもよく、直感で「あまり知らない人と行った方が逆に面白そう」「なんかわからないけどこの人となら行ける」と思った。共通することといえば〝タイ料理が大好き〟そのくらい。でもそれで十分だった。

今でこそ「この世から食べたことのないものをなくす」というのが人生の目標だが、当時から「食べたことのないものを食べてみたい」という欲求は強く、とにかく現地では興味の赴くままに食べ歩きをした。中でも特に強烈だったのは屋台で売っていたタガメの素揚げ。見た目はまるっきり〝G〟だ。

「あたしは絶対食べないよ！」と、流石のミサトちゃんも頑《かたく》なだったが、好奇心だぶだぶな私は、人が食べたくないと嫌がれば嫌がるほど燃えてくるから厄介もの。日本では絶対に食べる機会がないであろう食べものを前にして、好奇心が暴れ出してしまったが最後、食べずにはいられなかった。

思いきって口に入れると、ほぼ羽の硬さしか感じず、とにかくバリバリでパリパリ。噛みきれず永遠に口の中に羽や脚の破片が残る。「こんなに強い羽をもってるなんて、きっと相当な生命力がある生き物なんだろうなあ」と、謎の理解。味付けは〈シーユーダム〉というタイの黒醤油がうっすら香るくらいなので、まさに素材そのもの、本来の味。お世辞にもおいしいとは言えなかった。（最悪）

今また食べたいかと聞かれれば、もう二度と食べなくていいものだとは思う。ただ、こうして感想を語れるのも「好奇心を頼りに食べてみた」からなので、食べたことに対しては相当な誇りを持っている。（？）

そしてなにより、食べものの好き嫌いを聞かれたときに、「嫌いな食べものはないけど、強いて挙げるとしたらタガメかも～！」とか言うと絶対にウケる。当時からチャレンジャーだった私ありがとう。タガメよ命をありがとう。

同じ屋台でサソリを食べてたイケメンツーリストたちに、「youのタガメもやばそうだね★」なんて声かけてもらった★　タガメの恩恵、ここにあり！

その後他の屋台では、バイト先の賄いで大好きだった豚足煮込みご飯も食べた。屋台価格で嘘みたいに安く、トロトロに煮込まれた甘めの豚足とパラパラタイ米の相性といったらなんのその！

正直、お皿はどこで洗ってるんだろう？　何日前の卵なんだろう？（しかも常温）と、気にし出したらいくらだってツッコめそうな危うすぎる衛生観念に見えたが、私は当時から「お腹壊したら壊したとき考えよう精神」を持っており、さらにミサトちゃんも全く気にしない女だった。お互い衛生面に屈することなく、好き勝手屋台飯をハシゴしていけるのだから、なんたるありがたい話。「あ〜ミサトちゃんと来れてよかった」とひしひしと感じたのだった。

それから〈バケツビール〉も飲んだ。ビール天国のタイならでは！という感じの、バケツに氷をジャンジャン入れてそこにビールを注いでストローで飲むというスタイル。私のアルバイト先でも同じ提供の仕方をしていたから、これが本物〜！と、同じ体験が現地でできて小躍り。

だんだんとほろ酔い、好奇心の赴くままに進んでいくとディープな通りへと向かってしまっていたようで、客引き街のニイチャンにストリップショーを勧められた。普段だったら絶対に行かない場所にもノリノリで入店。案の定ボラれたが（なんとなくボラれる気はしていた）、今となってはいい思い出。好奇心の副産物と名付けたい。（悪いほう）

ミサトちゃんのおかげで、自分の絶えない好奇心を抑えることなく、すみずみまで満たされた最高の旅であったことは間違いなし。

旅を共にするのは、仲の良し悪しは最低限として、それよりも〝好奇心のベクトル〟が同じ人であるべきだと、このとき大いに学んだのだった。

屋台飯も氷入りバケツビールも平気で飲んで食べたけど、
2人ともお腹を壊してないのがすごい。病は気から！（?）

サハラ砂漠でサバイバル体験　モロッコ

大学生のとき、卒業旅行と称して友人と2人で行ったモロッコ旅行は、当時の私にとってそれはそれはの大冒険だった。

「モロッコに行こう」と言い出したのは私のほう。この頃あたりから、より遠く、行くのが険しい国には若いうちに行っとかねば！的な考えがあった。なによりサハラ砂漠って響きが壮大でかっこいいし、雑貨が可愛いらしい。取り立てた理由といえばそれくらいで。

当の友人はノリ気でいてくれたものの、友人の両親はモロッコ行きを懸念。

「ハワイとかヨーロッパとか、もう少し治安のいいところにしたら？」

それはそうだ！　親心としてはごもっともだし、ほぼ地球の反対側に学生の2人（しかも相手が私）で行くなんて心配だろう。

でもなんでか私はどうしても今しか行けなそうな国に行きたかったので、

「ハワイとかフランスとかはもっとおばあちゃんになっても2人で行けるよね⁉　今しかできない経験したくない⁉」なんて半ば強引に力説。

そんな私に友人は「たしかにねえ〜」なんて言って、なんとか両親を説得してくれたのだった。(本当にありがとね)

こうして無事にモロッコ行きが決定するも、私はさらなる冒険を求め、謎にパッケージツアーではなく個人旅行を選択。本当の難関はここからだった。

まず航空券やホテルの予約はもちろん、電車での移動方法や、サハラ砂漠のツアー予約などなど、とにかく地球の反対側の国の情報収集なんぞ素人すぎて、途中何度も心が折れかける。と同時に、今までの海外旅行はいかに大人たちに頼りっぱなしだったかということにも気付かされるのだった。

ただ幸か不幸か、航空券はもう予約してしまっている。どんな手を使ってでも乗り越えなくてはならないハードルは自ら越えていくしか術がなく、とにかくがむしゃらに決断していくと、とうとう無事にモロッコに到着!

初のアフリカ大陸。砂っぽい。ただ単に砂漠のイメージが強すぎて、脳みそに砂のフィルターがかかっていたのかもしれないが、とにかく空気も砂っぽい。

雑貨は聞いていた通りにキュートで、リヤドと呼ばれるモロッコの宿も、想像を超える美しさ! 雑貨の色合い、家具一つひとつをとっても到底敵わない美的センスを感じる。

かなり商売っ気がある文化なのか、バザール的なところでの買いものは忍耐力が必要だった。なんてったって値札がないのは当たり前。かわいいバブーシュやモロッコ絨毯《じゅうたん》なんかを見ていると、いかにもアジア人で子どもな私たちには、約2倍か3倍の値段でふっかけてくるので、絶対に相場を聞き込みしてから2周目に買う。高く見積もってくるおじさんには「さっき行った店では同じ商品をもっと安く売ってた！」と、こちらからふっかける。値段交渉もこのあたりからプロだ。

食事はおもにタジン鍋とクスクスを食べた。というか、ほぼそれしかないくらいには食が偏っていて、〈チキンのタジンｏｒ野菜のタジン〉程度の選択肢から選んでいたような覚えがある。1週間近い滞在だったので、さすがの私でも最後のほうは飽きていたけど、かなり体にはいい生活だった。

タイル使いが素敵すぎるリヤド

クスクスは素材丸ごと!　どーん!!!

こんな感じでたくさんの経験値を得たモロッコ旅だったが、今でも胸に大文字焼きのように焼き付いているのはサハラ砂漠のツアー。「ラクダに乗ってサハラ砂漠の真ん中まで行き、朝日を眺めよう！」という内容だった。

現地にある日本人宿オーナーに聞いて予約をしたので安心！と思っていたが、ツアー当日、集合場所に行くと、そこにいたのはラクダ2頭と現地のいわゆるラクダ使いのおじさんがひとり。しかもなにを隠そうおじさんは英語が全く喋れない。聞けもしなかった。ツアーというからには他のお客さんたちもいるかと思いきや、待てど暮らせど現れず。

「とにかく乗れ」とジェスチャーをされ、見よう見まねでラクダに乗る。ぐわん！としゃがんだ体勢からお尻を突き上げ、頭を持ち上げるもんで、危うく頭から落ちそうになった。

朝日を見るツアーだったので、ラクダに乗ったとき、時刻は既に22時。どんどんと砂漠の奥へと進んでいく道中にもちろん街灯なんてないし、なにより砂漠の夜というのは凍えるほど寒かった。（砂漠なんて年中暑いと思っていた）

「ここでおじさんとはぐれたら確実に死ぬ……！」そんな緊張感がほとばしる中で友人

と2人、ヤバくない⁉　大丈夫⁉なんてワーキャーしながらも、ラクダはお利口に進んでいく。

ピタッとラクダが止まると、ここで降りろと言わんばかりにおじさんが私たちの手をとり、真っ暗闇の中連れて行かれたのは、

「小屋」だった。

小屋が5軒くらい唐突にポツンと現れ、今日の宿はその小屋の一つだと言う。（言うというか、ジェスチャー）

恐る恐るドアを開けてみると、そこには砂まみれの布団と砂まみれの毛布。ただそれだけ。

2人して唖然《あぜん》とするも、もはやなす術もなく、とにかく寒さを耐えしのぐために砂混じりのジャリジャリのベットにIN。私たち芸人だっけ？と錯覚するほどのサバイバル生活に、もはや「『イッテQ』の企画であれ」と願いながら就寝。

当然電波の届かない携帯は、アラームとライトとカメラの役割しか果たさなかったが、着の身着のままで砂漠にいる私たちにとってはそれがすべて。電波が届いたからとて、SNSなんてやってる暇もないくらいサバイバルなのでちょうどよかった。

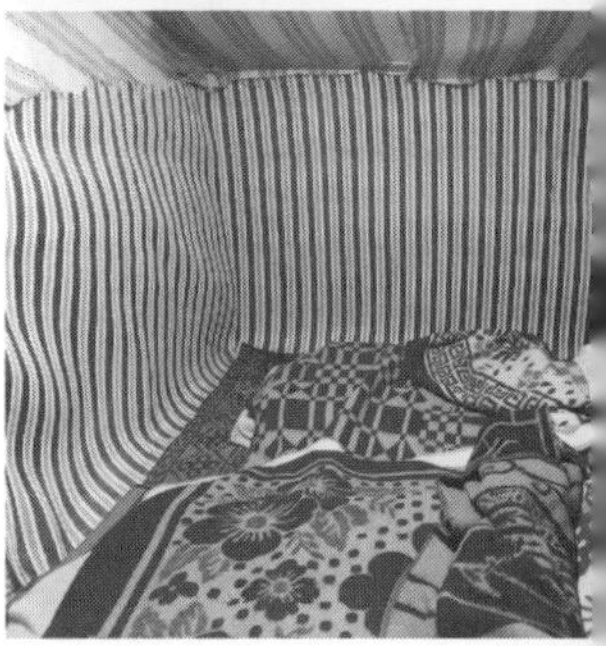

フラッシュを焚いてやっと目視できたおじさんとラクダ(後頭部)、
砂でジャリジャリのお布団(配色怖かった)

さて、そんな携帯でセットしたアラームにて、朝日が昇る30分前に起床。なぜ30分前かといえば、私たちが寝床にしていた小屋がある場所はサハラ砂漠の谷の部分。つまりそこから砂の山を登り、朝日を望まなくてはならないのだった。

サラサラの砂の山。もちろん足がずぶーっと入り込むし、靴の中は砂だらけ。普通の山登りよりキツいのではないかと思う状況にて「ああ、やっぱり体力のあるうちにしかできないことだ。来てよかった」とあのとき決断できた自分を褒め称《たた》えたほど。

そしていよいよ山頂に到着。ゼーハーと息が切れ、とてもじゃないけど立っていられなかった。疲れ切って砂の上に寝そべっていたところに、光の筋が出現。

暗闇だった世界が、一瞬にして赤く染まる。太陽も赤ければ砂も赤く、世界は赤と私と友人のみ。あまりの絶景にしばらく放心状態だったが、慌てて「そうだ!」と、モロッコ市内でダウンロードしておいた『You Raise Me Up』をオフラインで流す。世界で一番壮大と言っても過言ではない曲が、この絶景にはお似合いだった。あれよあれよと涙が流れ、友人と2人でハグ。これまでの人生でまぎれもなく一番の朝だった。

今思えば友人のお母さんが言うように、学生2人で挑む旅としては過酷すぎたかもしれない。だけど無事に旅行を終えた今となっては「私サハラ砂漠に泊まったことあるんだ！」と言える人生になり、心底鼻が高い。

ついてきてくれた友人も、容認してくれた友人両親にも本当に本当に感謝。これからもサハラ砂漠に泊まった女として、胸を張って生きたいと思う。

この日から、『You Raise Me Up』を聴くたびにフラッシュバックするのはこの絶景！　最高～

ラッキーガール

モロッコでの忘れられない話を聞いてー！

モロッコで1番大きいと言われる〈フナ広場〉に行ったときのこと。ただただ広大な敷地にたくさんの人々がごったがえし、たくさんの屋台が密集している場所。そこを友人と歩いていたら、「ぽとっ」っと何かが落ちてきた。

友人、私の顔を見るなり大爆笑。

「フン！（爆笑）」

慌てて携帯のインカメを起動すると、私の顔の中心地である鼻に、見事なうんち！！！

臭くなかったのが幸いかも〜！

そんなことってある！？　あまりに運がよすぎないか！？　“うん”だけにって、ベタな冗談も出てこないくらいだった。周りには電柱などもなければ、鳥がどこかにとまっていたわけでもない。つまり、大空を飛びながら用を足した鳥。それがよりにもよって私の顔の真ん中、鼻に着陸することなんて、どれくらいの確率なんだろう。

周りにいる屋台のおじちゃん、売り子の若者、通りすがる人々がそんな私をみて口々に「ラッキーガール！」「おめでとう！」と祝ってくれて、ちょっとしたお祭りくらいに盛り上がった。

広い広いフナ広場で、こんなに一体感を得られるとは。私って「持ってる！」と感じつつ、少し水っぽくて白と黒のうんちはきっと鳩あたりのではなかろうかと、冷静に分析したのだった。

〝おいしい〟は世界を束ねる　ネパール

完全なるひとり海外、となるとそのデビュー戦はネパール旅だ。

この様子はYouTubeの動画にも上げているので、観てくれたという人もいるかもしれない。（個人的にだいぶ気に入ってるキロク）

私は毎年年始に、「今年はこれをやりたい」という今年の抱負リストを作るのが恒例となっている。２０２３年の初めには「ひとりで海外旅行するぞ！」という目標を掲げていた。ここまでこんなに旅慣れている感じを出しておきながら、最初から最後までのひとり旅というのは当時未経験。行き先までは決めていなかったけど、とにかく海外ひとり旅というのをやってみたかったし、やらねばならない、みたいな感覚もあった。親元から巣立つ雛鳥みたいに。（？）

昔アルバイトをしていたタイ料理屋では、ネパール人が多く働いていた。そして、その人たちが揃いも揃ってみんないい人だった。さらにコロナ禍になる前、その中のひとりがネパールで結婚式をするからおいでよと言ってくれていたことがあって、飛行機も取っていたのにコロナの影響で飛行機が欠航。結局行くことが叶わぬまま、時が過ぎていった。

そこからだいぶ月日が経ってからのこと。仲良しとのサシ飲みで盛り上がり、かなりほろ酔いにて、アツい話に突入。

「悩みの大半って既に自分では答えがわかってて、ただ行動できてないって場合が多いよね」

「結局悩んでる時間があるなら後先考えず行動したほうが早いんだよなぁ～！」なんてハイボール片手につべこべ言い合いながら、

「じゃあさ、次会うときまでになにか1個決断して、今度会ったときにそれの発表会しよーー★」と、謎の宿題を出し合って解散。

その帰り道、酔った頭で、とにかく今年の抱負だった海外ひとり旅を決断してみせよう！と格安航空券サイトを開く。ここで決めかねるダサい自分になりたくなくて、この瞬間に決断しなければと、ずっと頭の片隅にあったネパールを召喚。

無我夢中で空いてる日を検索し、カード番号を入力。ものの3分でネパール行きが決まったのだった。(このときの私、そして友人とのアツい会話！　本当にグッジョブ！！！)

「他国でどんな人がどんなふうに生活をしているのか」ということを、ネパールに関してはあまり想像できていないところがあった。たとえば韓国やアメリカなどの生活は、なんとなくではあるが想像がつく。辛《シン》ラーメンを深夜コンビニで啜《すす》ったり、大恋愛したり。朝からピザをコーラで流し込んだり、クラブで踊ったり。これらすべて、おそらく映画などから得たあくまで勝手なイメージではあるものの、少しは想像がつく。

それに対して、ネパールで暮らす人は何を食べてるんだろう？　どういう場所で生活している？　私服は？　国民性はどんな感じ？などなど。日本語が喋れるネパール出身の友達はいたものの「ネパールでの暮らし」みたいなものについては全くの無知でイメージがつかず、そのことが私の中で少なからず興味を促した。

ネパールを初めての海外ひとり旅の行き先に選んだことは、結果的に大当たりだった。ネパールに対する無知で真っ白なキャンバスをハッピーなカラーで埋め尽くすかのごとく、イメージカラーはとにかく暖色。なにより本当に人がよかった。私の運がよかったと言えるのかもしれないが、それでも私がネパールで出会った人々は奇跡みたいに優しい人たちばかりだったのだ。

特に泣いてしまったことといえば（ネパール旅中は何度も感涙）、〈ナガルコット〉での出来事。

ネパールはやはり、なんといってもヒマラヤ山脈が有名。登るなんて滅相もないが、一度は目視してみたいもの。そしてなんとそのヒマラヤが見られる場所がバスで行ける範囲にある！と知り、それがナガルコットという地域だった。

ただそこに行くのも大層な労力で、お尻が割れそうなほどのガタガタ道を進むバスを乗り継ぎ片道3時間ほど。しかもリムジンバスなんて快適なものではなく、小型のマイクロバスだ。道路に突如として手を挙げる人が現れれば逐一《ちくいち》急停車。バス停なんて概念もないのかもしれない。（私は急遽行くことにしたのでローカルバスで日帰りを選んだが、だいたいの観光客は車を手配するか、1泊して帰るらしい。それくらい労力がかかる場所だったとは、完全に下調べ不足！）

なんとか辿り着いたときにはさほど天気も良いとは言えず、現地の人に「ヒマラヤはどこで見れる!?」とカタコトの英語とジェスチャーで聞いても「あっちのほうで天気が良ければ見れるけど、今日はちょっと見れなそうだね」と言われたり「もしかしたらここから1時間歩いたところでは見えるかもしれないよ」と言われたり、みんなしてかなり適当。

さすがの私も長いバス旅にて体はへばっているし、ここから山道を1時間歩くなんて考えられない。しかもお天気的にも絶対に見えるとは言い切れないのも心許ない。ただ一応かろうじてビュースポットとされているらしい場所が30分のところにあるという話を聞きつけ、そこまでは行ってみようと、気力だけで歩みを続けた。

そうして30分ほど歩いたものの、どう考えてもビュースポットならぬ場所は出現しない。こうなってくるともう現地の人が言ったことも嘘かまことかさえわからなくなってきた。なにせ「英語ができない日本人（私）」と「英語ができないネパール人」の会話だ。そもそも意思疎通の信憑性は弱め。帰りのバスの時間も定かではなしに、ここからまた3時間かけて無事ホテルへ戻らなければいけないと思うと、もうこのへんでやめておこうかと諦めがついた。

とはいえヒマラヤが見えないだけで、景色は十分に壮大だった。そんなとき目の前に現れた、とんでもない絶景のカフェにひとまず入店。

カフェ、と言っても現地の人が住んでいる家についでにカフェスペースを作ってみたというような佇まいで、案の定、来客なんて何日ぶり!?と驚いたような顔で店員さん(というよりただの若い男性に見えた)が対応してくれた。

とにかくひと休みがしたくて、パラタ(ナンのようなもの)とビールを頼んでみたが、待てど暮らせど出ない。ようやく出たときにはもうかなりの時間が経っており「ここからまた30分かけて山道を歩いてバス停に戻って3時間コースかぁ」なんて絶望を片隅にパラタを貪っていた。

ただこのパラタ、異様においしい。きっと注文が入ってイチから手作りにしたに違いない。(だって1時間半は待っているし!)とにかく焼き立てほかほかだった。ミト!ミト!(おいしい!おいしい!)とお店のお兄ちゃんに必死に伝える。

そんなおいしいものを食べていたら、満腹になってきたからだろうか、なんだか眠くなってきた。お尻が取れかけながらやっとの思いでついたナガルコット。結果的にヒマラヤは見られなかったけれど、こんなにもおいしいパラタにも出会えたし、もうこの道端で野宿してもいいかも〜!なんて無防備な諦め方をしたそのときだった。

「指を怪我したから病院にいきたくて、街のほうまでバイクで下りてくけど、よかったら乗ってけば?」

彼氏！？！と、ない記憶が生まれてしまうほどキラキラした表情で私に問うお店のお兄ちゃん。シンプルに優しい。そしてタイミングが神。

反射神経のごとく咄嗟に首をブンブン縦に振り、ダンネバードを連呼。（ネパール語でありがとう）この話に乗らないわけがないと、急いで彼のバイクの後ろに飛び乗った。

正直なところ、この人ならきっと悪いことはしないだろうという安易な信頼半分、もうなんか疲れ切っていたからどうにでもなれというよくない自暴自棄も半分。どちらにせよ絶対にチップは要求されるだろうという確信は１００％だった。それでも、もはやなんでもいい。そのときの私にとって、彼は完全にボーイフレンドだった。（？）

青春映画のごとく、バイクで2ケツする名も知らない彼と私。体が落ちないよう彼の肩に添えた手から「どうにかして感謝の念を！」もしくは「私のいい気をすべて彼に!!」なんて考えていたら、あっという間に下山。そしてそこには市内行きのバスが！

発車しかけていたバスを見るや否や、お兄ちゃん、「あれだよ！　乗りな!!」

「チップ渡すから待って!!」と急いでバイクから降り、カバンを漁る私。

「いらないよ、早くしないとバス行っちゃう！　気をつけて帰りなね!!」彼はまるで別れ台詞のように大声で言い放ち、バイクを勢いよく発車させた。

……ええ⁉　ええ⁉⁉

呆気に取られている間に、バスの扉は閉まりかけていた。

状況がのめない頭を急いでフル回転させ「このバスを逃したら次が何時かもわからない！　乗ろう！」

そんなこんな、慌ててバスに飛び乗った。

「なぜ彼は私にチップを求めなかったのか？　なぜ名前も知らない私を送り届けてくれたのか？　なぜそんな彼を、私は少しでも疑ってしまっていたのか？」

とにかく温かいものが胸に溢れて仕方なくて、嗚咽が出るほど泣いた。おんおん声を出したとしても、こんな場所では「アジア人の変な女性が泣いている」くらいにしか思われないだろうから、惜しみなく。

まだまだ書ききれないことが山ほど、このような奇跡みたいな話がいくつも重なって、ネパールは私にとって『アナザースカイ』的な国となったのだった。

この恩を、名も知らない彼に返すことは不可能かもしれない。だからこそ、私が見て感じたネパールの奇跡を動画にして、日本の人に観てもらうことが唯一の恩返しだとさえ思った。そして彼にしてもらった「無償の愛」みたいなものを、私はさらに周囲へ振りまいて生きていかねばならない。
国は違えど人間同士。平和を願わずにはいられない体験だった。

絶景と絶品パラタ。
この後まさかの大奇跡……!

ネパールメシ　ネパール

ネパールでは人との出会いのほか、食に関しても奇跡が起きた。ネパールの食は、私にすごくマッチしたのだ。これはこの上なく幸せなマッチングだ。

ネパール料理はまだ日本であまり広まってはおらず食べる機会が少なかったため、ネパールには私が日頃から探求している「まだ食べたことのないおいしいもの」がたくさんあった。この「食べたことのないおいしいもの」は、食において最高次元の体験だと私は思う。ただおいしいだけじゃなく、そこに発見という喜びが加わって、二度三度とおいしい。私はそれを味わいに海外に行っている、とすら思う。

ネパールには、〈ダルバート〉という、日本でいう定食的な位置付けのものがある。一つの銀の大皿に、ダル（豆のスープ）とバート（ライス）がついて、そのほか肉魚野菜のカレーやアチャール（漬物）が載っかっていて、それらをお皿の上でごちゃ混ぜにして手で食べていく。ほとんどそっけない見た目だし、映えという点に関してはゼロ。ライスセットならまだしも、ライスの部分をディド（蕎麦がきのようなもの）に変更すると、たちまち見た目はほぼ泥団子と化し、一般的には食べものにすら見えづらいかもしれない。ただこのディド、侮るなかれ。もちもちとした食感で、食べれば食べるほど「素」の味がし、ズブズブと沼にハマっていく。なんなら手で食べる場合、パラパラのライスよりよほどカレーとの馴染みがいい。

現地では昔お米が高かった時代の米の代用品として食べられていたディド。今ではライスより作るのが手間だからとディドに変更するほうがやや割高。見た目通りの素朴さだけど癖になって、ネパール滞在最後の晩餐もディドにしたほど！

パッと見、一つひとつは脇役の集結みたいな頼りない大皿。だけど手で混ぜるたびに味が目まぐるしく変わっていく。まるでオーケストラのよう！「今度はこんな味に!?」と、旋律がどんどん変わっていき「甘いと酸っぱいが合わさると、こんな味になるんだ」と、舌の上で畳み掛けてくる食のハーモニー。食の可能性を無限に感じて、鳥肌がやまなかった。

さらに、現地の習慣にならって手で食べているだけで、みんながうれしそうな顔をしてくれる。実際不慣れな手食は相当難しく、ボトボトとこぼしてしっちゃかめっちゃかだったが、とにかく手で食べると信じられないくらいおいしさが倍増した。

お箸やフォーク、スプーンで食べた場合、きっと視覚・嗅覚・味覚の3点で済んでしまうであろうものに、プラスで手からの触覚が加わるのだ。これはとても贅沢なこと。ファーストインプレッションが口ではなく手、そして手から口へと運び込まれて、手の体温や触感さえ自分の口で味わえるのだった。

帰国後、あの快感を味わいたくてネパール料理店に行くことが増えた。同時にいつもの日本食も本当は手で食べたほうがおいしいのでは!?と考え、何度も何度も「次はこっそり家で自炊したものを手で食べてみよう」なんて意気込むのだが、気付いたときにはお箸で平らげて終わっている。「ああ、これが習慣であり文化なのかもしれない」とハッとさせられた。

こんなふうに、その国の人がおいしいと思うものをその国の食べ方でおいしくいただくことで、その国の文化や習慣を少しでも知りたい。ネパールでは手で食べることで現地との距離感が一気に縮まった気がしたし、そこに言葉は必要なかった。「どうやって食べるの?」とジェスチャーで聞くと、ジェスチャーで返してくれた。

考えてみれば、海外の人が日本で上手にお蕎麦を啜ってくれたり、お箸を器用に使ってくれているだけで、なんだかうれしいと感じる。これはきっと文化へのリスペクトを感じるからではなかろうか。

〝おいしい〟というのは、言葉は違えど、地球上の人間みんなに備わっている感情だ。これからもおいしいを頼りに、その国の文化まで味わい尽くしていきたい。

現地の少女が作るおかずやさんと、屋台のパニプリ。
スパイスが利いてて魔法みたいな味がする

地球から愛されている　ニュージーランド

地球はひとつ、地続きである。それを最も感じたのは、ニュージーランドでのこと。YouTubeを始めてから、光栄なことに旅行系のお仕事をいただくことが増えた。元々海外に行くことが好きだったので「好きな海外を仕事にできる」というのは、「好きなことを仕事にしている憧れの父」に近づいている感じがして、この上なくありがたいことだった。

そんな中でいただいたニュージーランド航空からのお仕事にて「テカポ湖」という、世界で一番星が綺麗に見えると言われる場所にひとりで向かった。そこに行くためにはオークランドで国内線に乗り換え、さらにクライストチャーチから高速バスで3時間半ほどかかる。

航空券以外はすべて自分で手配するというかなりラフかつ自由型の案件なので、もちろんホテルは安宿。観光地で田舎というだけあって、テカポ湖周辺になるとホテルはピンキリ。リゾート系のホテル、1棟貸しのコテージのようなもの、そして私が泊まったようなドミトリーなど。ただドミトリーといえどかなり綺麗で、目の前に湖が広がる好立地。天気にも恵まれ空と湖の青さに目が眩んだ。

テカポ湖、ドミトリーからの景色

しかし、相部屋になったザオーラちゃんから聞いた話によると、どうやらここから1時間半ほどハイキングをした先にはもっと絶景があるという。私が到着後、ひとりで悠長に名物のサーモン丼を食べていた頃、彼女はすでに登って帰ってきたというのだ。

彼女はトレッキングシューズを履き、自分の体よりも大きなリュック一つで旅をしているガチのバックパッカー。いわゆる旅人だ。そんな彼女も、「行くなら早くしないと陽が落ちて危ないよ」なんて、私の弱そうな足腰を見て（?）、心配をしてくれた。

せっかくここまで来たからには！と急に目標ができたかのようにドミトリーを飛び出した私。しかしここからが想像以上にキツかった。もはやこれはハイキングではない、登山だ。海外用にしている、使い古しのニューバランスでもキツい。ザオーラちゃんがトレッキングシューズを履いていたのも納得だった。ゴールが見えない山道は不安でしんどく、私以外他に登山者がいないのも心細かった。

本当にあと1時間半で着くの⁉　日が暮れて迷子になって死ぬ⁉　きちんとガイドブックでも持っていたらこんな羽目にはならなかった⁉（毎度のノープラン、ガイドブックさえ買っていかないことが多い）

引き返したくもなっていたその頃、一気に道が開けた通りに出る。すると、そんな不安もすべてかき消すような、心奪われる絶景が出現した。

実は、サハラ砂漠で感動した後から〝絶景〟と呼ばれるようなものに対してハードルが高くなっている自分がいた。特に人工的なものにはびくともせず、高層ビルからの夜景、イルミネーション、これみよがしにロマンチックに持ってこうとしているようなものはもはや見に行く気さえ起きず。（女心とは）　おおよそ人工的でなくとも、なかなかサハラ砂漠と張り合えるものと出会えないことに、危機感さえ覚えていた。

だからこそここで圧倒された感覚が余計に尊く「私の感動のバロメーターを超えてきやがったぞ！　ニュージーー！」といった具合だった。

実際〝世界一綺麗な星空が見えるテカポ湖〟と評されるだけあり、星空ももちろん美しかった。だけど私にはそれ以上に、ヒーヒー言いながら山を登って頂上につき、まだ明るい時間に見た大自然の景色のほうがより心を動かされた。「自分が今いる場所が地球である」ということを感じさせられた瞬間だった。

ここにある自然も、空気さえも、すべて地球のものだ。私たちが今生きているということは、地球に生かされているということ。そんなことを圧巻の景色の中で実感し、歩きながらナチュラルに「ありがとう、ありがとう！」と、気づけば口から言葉が溢れていた。（変人）

広い地球で、それぞれの人生を生きていく中で、いろんなことがあると思う。

家庭環境、人間関係、仕事、自分を取り巻くものに振り回されて「人生終わりだ」と感じたり、「誰からも愛されていないのでは」「私が生きている意味とは」などと、悩むことだってある。

でも大前提、地球が私たちに与えてくれる自然のものだけは、いつも私たちの側にあり、誰しもに平等なはず。どんなに辛くても、悲しくても、憎くても、「人は、地球から愛されることからは逃れられない」というこんなにも贅沢で幸せなことを、自然に触れ合う機会が少ない私たちは軽視しすぎている気さえした。

「人を愛し愛されるということは、地球を愛し愛されることだ！」こんなビッグでホットな想いが、ニュージーランドの壮大すぎる自然に触れて自然と溢れてきた下山時。

あまりの尊さに地球をぎゅっと抱きしめたくなりながら、イヤホンでエンヤを流す。

それがあまりにも贅沢な瞬間で、私は静かに涙を流したのだった。

ありがとね、地球～!!!

雨の似合うハノイ　ベトナム

雨より晴れのほうが好き。そうに決まっている。

「雨が好きです」だなんてアンニュイなことを言ってみたい人生だったけど、雨の日は大抵引きこもりたくなるし、雨が続くと「まぁ雨のおかげで作物は育つし……」なんてギリギリの言い聞かせを己に諭す。

そもそも晴れには日焼け止めなんていう文明があるにもかかわらず、雨には傘という古典的な手法しかない。人間、進化の過程で雑草が生えないように道をコンクリートにしたり、寒暖差をなくすために扇風機やヒーター、さらにはエアコンを作ったりなどして、自然とどうにかこうにか共存するための進化を遂げているはずなのに、雨だけは生まれてこの方〝傘〟一強。もっと雨をすべて弾き返すスプレーだとか、雨避けローラースケートだとかが出てもいい頃ではなかろうか!?

そんな憎まれし雨（?）だが、最近になって、雨に似合う料理があるということを知る。

雨嫌いを克服できそうなくらい
雨の似合う怪しげなお粥屋。良すぎた

それはベトナム・ハノイの屋台で食べたものたち。不思議と雨によく似合っていた。いや、きっと晴れた日に食べたとしても、きっとそれはそれでよかったと思う。思うのだけど、とにかく雨の屋台は雨よけパラソルの下にプラスチック椅子を設置するものだから、なにもかもがぎゅっとなる。地元のおじたちとゼロ距離で肩を寄せ合い食べる、地元ローカル飯。椅子は子どもイスほどの低さなので地面がより近く、湿ったコンクリートからはモワッとした香りが漂った。

このときに食べていたのは現地のお粥のようなもの。あったかくて優しい地味なお粥に、雨の湿気た匂い。これが信じがたいことに、魅惑のスパイスとなるのだ！

日本にはあまりない屋台文化だからこそ、〈雨×屋台飯〉の可能性に気づけた瞬間。「もしかして雨を好きになれるきっかけかも～！」と、なんだかうれしくなりつつホテルへ帰るも、鏡越しに雨でどうにも崩れてしまった前髪と目が合った。

「ああ、やっぱり雨なんて最悪！」好きになれそうだったのも束の間、そそくさと前言を撤回した。

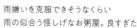

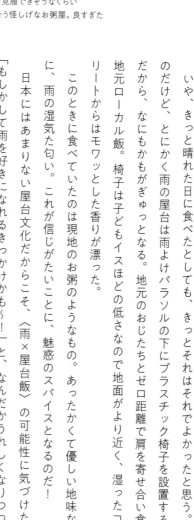

臭豆腐と私

人生で1番行った回数が多い海外といえば、現時点でぶっちぎりの台湾！

家族でも行ったことがあるし、友達とも行ったし、ひとりでも行った。

台湾もまた、とにかく食べものがおいしい。

海外にいくと私は必ず、現地のスーパーに行く。そこで現地の食を感じるもの、たとえば調味料などを大量に買ってしまうのが定番の流れ。中でも台湾で買ったスパイス・五香粉（ウーシャンフェン）は大当たり。野菜にかけて炒めたり、肉にも魚にももちろん合う。

そして、台湾に行くと食べずには帰れないのが、かの有名な臭豆腐！「においが強烈すぎて無理」という人も多い中で、私はめっきり大好物。蒸す、揚げる、煮るなどといろいろな調理方法があるらしく、お店ごとに食べてみた。私的調査結果は、いちばん食べやすいのが揚げ。ほぼ食べ物としてのにおいを保てていないのが煮。

臭豆腐を好きと公言する友人でさえも、煮ている臭豆腐を食べた瞬間にギブアップと箸を止めた。その後も私は残りの臭豆腐を何食わぬ顔で食べるため、「あんた本当にすごいよ」と友人。

たしかにいいにおいではない。が、食べてみると嗅覚と味覚が交わる不思議な感覚がある。「これはにおいが味なのか？　味がにおいなのか?」と、においが強烈すぎるがゆえに全くお手上げ状態の脳みそをも楽しむ。もはや脳トレだ。

日本では決して食べられない味だ

もはや生乾きの雑巾をバケツに1週間以上閉じ込めて発酵させたみたいな、煮(?)

からこそ、食べて帰らずにはいられない。こんな強烈なにおいなど、忘れられるものか！と毎回思うはずが、日本に帰ると忘れているし、欲している。

何が好きなのかと言われても説明し難い味わい深さ。
これぞ台湾ソウルフードの底力だ!

涙のコングクス　韓国

とある海外仕事が3日前にドタキャンされて、悲しい気持ちを切り替えるべし！と、勢いで購入した、翌日のソウル行きチケット。ここから私の「初！　韓国ひとり旅」は始まった。

その様子は『【やけくそ】ドタキャンされたので急遽一人で韓国に行った！！！！！』という動画で公開しているので、観てくださった方もいるかもしれないが、実はあの旅の道中、何度もホテルで泣いている。

YouTubeの活動は基本的にフリーでやっているので、事務所に入っていないから生まれる苦悩や、ひとりでやっているからこその葛藤や悔しい思いがあったりする。「事務所に入っていたらこのようなトラブルはなかっただろうな」的な、自分の未熟さを痛感することは日常茶飯事。

このときもドタキャン事件を筆頭に、別の仕事でのトラブルも続出。「ごちゃごちゃとした感情から逃れるために韓国に来たのに!?」と、べそをかきながらひとり、ホテルで対応に追われる始末だった。

とはいえされど、旅の道中。韓国滞在はたったの2日間だったし、せっかく来たからには楽しまなくては！と、その有効期限が私の縮こまった背中を押し出してくれた。

ホテルから飛び出ると救われるのが、見るものすべてが新鮮ということだった。おいしそうな屋台、日本にはないカフェ、なんでか丸っこく聞こえる耳心地やわらかな韓国語たちが愛おしい。どんなに荒んだ心でも、絶対的に新鮮な空気を吸い込める状況がありがたかった。

しばらくあてもなく歩き続け、心を落ち着かせたあと、一旦食に走ろう。と、〈コングクス〉（豆のスープをベースにした冷たい麺料理）を食べに行くことにした。これは日本でいう「冷やし中華」くらいの立ち位置で、夏の風物詩的な食べものらしい。食べたことのない料理！　日本では滅多にお目にかかれなさそう！　しかも季節物だ！　理由は十分だった。

お店は古びた雑居ビルの2階にあり、まさかここにお店があるとは思えない佇まい。でも階段を上ればお店は大盛況で、長机の席に相席する形となった。

注文完了後、左隣に現地のおじさんたちが2人で座ってきたので卓上にあったお水をコップに注いで渡すと、ちょっとした会話が生まれた。「ここは韓国で五本指にはいるコングクス屋さんだよ」と教えてくれたり、私が日本人だと知ると「日本語でおいしいってなんて言うの？」と、韓国語でたずねてくれた。

私のコングクスが先に届くと、「食べてみて」と言わんばかり、私の一口目を笑顔で凝視している。

もったりとしたスープを一口。

おじさんたち、反応を待つ沈黙。

「おいしい！！！」

報告した瞬間に、おじさんたちの顔がパァッと華やいだ。

「そうだろ～!?」と自慢げに言うので、今度は麺をずずずと啜り、「マシッソヨ～！」（韓国語でおいしい）の報告。

おじさんたちのコングクスも無事到着し、お互いに啜りながら「おいしい」と「マシッソヨ」の交換をし合ったのだった。

この瞬間、私たちは確実に「おいしい」といううたった一語で、気持ちが通じていた。

そのことが、このときの自分の荒み切った心になんだか無性に沁み入った。

「おいしい」という感情は全人類が持ち合わせていて、「おいしい」という単純な気持ちひとつで、目の前の人とこんなにも仲良くなれる。なのに、なぜ世界では争いが起きてしまっているんだろう？　どうにかして世界が平和になる方法はないのだろうか？

そんなことを考えながら食べるコングクスの素朴な豆の味わいがあまりに素直に心に沁み入り、涙が溢れて止まらなくなった。

店を出るなり、ドタキャン事件からその他トラブルまですべてを打ち明けていた母に、今度は明るい報告ができる！と、泣きながら電話。

「また何か起こったの!?」と心配する母に、慌てて状況を説明。感涙のほうだとわかると「よかったね～。神様はやっぱり見てるんだよ」と言ってくれたものだから、またしても止まらない追い涙。

旅に救われ、食に救われ。あのとき、勢いよく日本を飛び出てみてよかった。韓国に来る決断ができてよかった。平和を願って食べたコングクスは忘れることのできない、思い出の味となった。

食に救われた旅。
助かった～!

インド人は嘘つきなのか？　インド

私にとって、2024年の大きな出来事。それは、初めてのインド旅だ。

この旅は完全にひとりではなく、要所でインドに住んでいた経験があったり、インドに何度も行っているようなプロフェッショナルな人たちと行動を共にさせてもらった。

インドはよく「女性ひとりで行くには危険な国」と言われる。私の行動は常に応援してくれて反対など滅多にしない母や、海外旅行経験が豊富な友人でさえも「インドにひとりで行くのはやめておいたら」と言っていたし、とにかく「インドでは人を疑って生きろ」「信じちゃダメ、優しい人は全員偽善だと思え」と、心配の声と共にこんな助言をもらったほどだ。

そこまで言われたらばさすがに、よっぽどなのだろうと最悪の事態を脳内シミュレーションをしたし、身構え、覚悟して臨んだ。しかし結論から言ってしまえば、「私の今回のケースでは」という前置きは必要になるかもしれないものの、正直、そこまでハチャメチャな国だとは思わなかった。

(「今回のケース」というのはやはり「インドの達人が要所でアテンドしてくれたこと」「私の

今までの海外旅行経験もそれなりにあったこと」「ネパールなど、少し近しい国にもひとりで行ったことがあったこと」などなど、いろいろな条件や背景が揃っていたという前提で、以降お話しします）

インドで私が感じたのは、インドには悪気のない人が多いのではないかということ。ときに嘘をついたり、突拍子もなく何かを要求してきたり。でもそこに、誰かを陥《おとしい》れようという意図はあまり感じられなかった。人口も多く、中には満足に教育を受けられていない人もいて、そんな中でみなが精一杯に自分のための人生を生きている。

言うなれば、子どもの純真さを持ったまま、大人になった人が多いのかもしれない。「こうしてほしい！」という欲望が直球でダダ漏れ、邪気というものがまるでない。インド在住経験がある人から聞いた話だと、インドでは自分の子どもに対して「あなたはすごく神様から愛されている。いい子いい子」と、とにかく伸び伸びと豊かに、神の子のように愛されて育っていくらしい。そのためだろうか、確かに空港や街で地べたに寝転んだり、駄々を捏《こ》ねて大声をあげている子どもがいても両親は近くで放任しているし、周りにいる大人たちも何も迷惑がっていない。子どもなんだから当たり前だというおおらかさまで感じたほど。

みんなあり得ないほど素直なのは、そんな環境ですくすくと育ってきた人が多いからなのだろうか。特にわかりやすいのは、行列があるとインド人は必ずといっていいほど横入りをするし、それは単純に「早く行きたい！」という欲望を隠していないから起こること。みんながみんな、当たり前のようにそんな感じで振る舞っている。そうともなればだんだんと、周りを気にして欲望を抑えている自分が損をしている気にさえなってくるのだった。

街には物乞いやストリートチルドレンが多いのも事実で、みんながみんなストレートに「お金持ってる？　ちょうだい！」と大層明るいトーンで挨拶みたいに声をかけてくるし、とりあえず言ってみて、もらえたらラッキー★のようなノリ。

はたまた人力車に乗れば、車夫《しゃふ》が坂道を上ってる最中に突然こちらを振り返り、「見てくれ！　ここは坂だ！　俺は今がんばってるからチップを弾んでくれ！」と、あっけらかんと言ってきたこともあった。

その目があまりにも純粋で真っ直ぐなもので、歳的には相当上だと思う彼に対しても「そうだよね、大変だよね、えらいね」なんてつい納得してしまうし、そんなことを思っている間にも、向こうのほうで大人同士が取っ組み合いの大喧嘩をしている。これらすべてに、なんだか究極の人間らしさを感じた。

この後振り返って一言。
「見て！　坂だよ!!!!」

極めつけにはインドでの最後の夜の出来事。

デリーから東京へ向かう飛行機は深夜便だったため、どうしたって最後にシャワーを浴びてから飛行機に乗りたかった。泊まっていたホテルのフロントマンには初日にあらかじめ「最終日はシャワーを貸してもらえますか？」と尋ねて許可を取っていたし、その翌日も、帰国当日の朝にも再度確認すれば「もちろんさ！　友よ!!」と気前よく満面の笑みで約束を交わしていたのだった。

が、しかし、肝心の夜。

いざ空港へ向かう前、ホテルに戻りシャワーを借りようとすると「貸すなんて言ってない！」と、今朝約束を交わしたフロントマンが今までみたこともない意地悪そうな顔で言うではないか！

こちらも想定外の事態になんとか話を穏便に進めたくも、一向に折れないフロントマンは、漫画のように口をとんがらせて、まるでスネ夫の形相だった。

今朝までは仏のような笑顔で「もちろんさ！　友よ！」と言っていたのにもかかわらず、なぜ、急にスネ夫になってしまったのか。私には見当がついていた。

フロントマンに話しかける直前、彼は誰かと電話していた。その電話でかなり声を荒げていたので、きっと何かがうまくいかず、不機嫌になってしまい、スネ夫モードに突入。そのタイミングで私たちが話しかけてしまったため、モード変更不可、といったところだろうか。

公私混同とも言えるくらい、一切関係ないところで勝手に不機嫌になり、今彼は私に堂々と嘘をついている。仏のような笑顔で交わしたあの約束は一体どこへ……。

そうは思ったものの、お金を払っていたわけではないし、契約書を交わしたわけでもない。もはやここでスネ夫モードの彼を相手にすることすら時間と労力の無駄だと判断し、それならそれで。と、私たちは空港へと向かった。

このエピソードは〝日本の当たり前〟に当てはめるとかなりイレギュラーで、なんならホテルの悪評に繋がりかねない。普通なら考えづらい話だ。

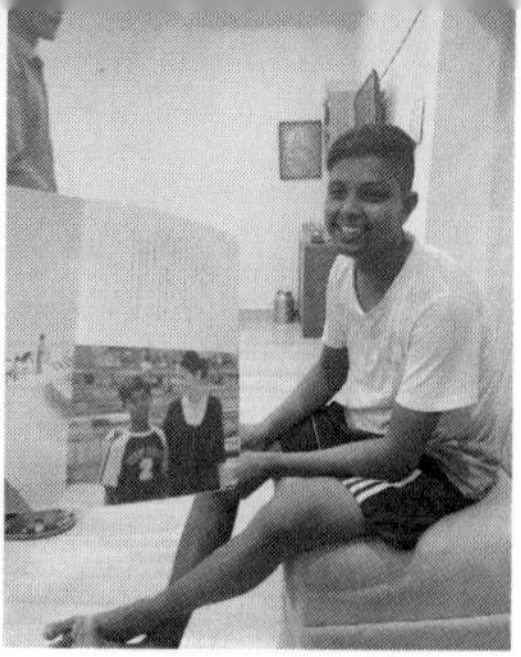

正直私も最初は「約束を破られた！」「話が違う！」と思い、少なからずショックを受けたが、なんてったってここはインド。

　自分の感情起伏をあそこまで露《あら》わにできる世界はなんて自由なのだろう、と謎の尊敬すら覚えると同時に、あの場で私も泣きじゃくってみればよかったのかも!?なんて、日本では絶対に考えないような思考回路にまでさせてくる。やっぱりすごい国だと思った。

　人の目線ばかりを気にする人生は、どうももったいない。インドの人は嘘つきだというが、自分の気持ちにだけは嘘をつかない。やりたいことをやって、人間のありのままで生きている。そんなインドの人々に、私はうらやましさまで感じたのだった。

出会ったインド人たちの邪気のない素直な笑顔をみて～！（なお、スネ夫おじさんはさすがにいません）

“当たり前”を壊されたい　インド

旅人のあいだでは「インドに呼ばれる」という言葉があるのだそう。インドには、行ける者と行けない者がいる。いや、航空券を取れば誰でも行けるじゃん！みたいな話ではなく「インドに呼ばれる」とは、インドに行ってみてからその意味がわかると今回実感した。

実際インドに行こうとすると、第一関門はビザの取得。これがまあ難しく、向こうのサイトだからだろうか、とにかくアクセスも遅ければ、固まったりすることもしばしば。一度ブラウザの戻るボタンを押してしまったものなら最後、一からやり直しだ。インドでは飛行機が遅延したり、ホテルを予約したはずなのに取れていなかった、なんて恐ろしいことも日常茶飯事だとか。

やっとの思いで到着したかと思えば、街中どこにでも牛がごろごろといるし、糞尿《ふんにょう》が至る所に落ちている。衛生面は決して良いと言えるはずもなく、いつ食あたりになって下痢嘔吐《おうと》生活になってもおかしくない。ハエは雪のように舞っているし、口を開いて歩けば食べてしまう。街の香りはカオスだ。

今回、私は無事辿り着けたうえに「インドに行ったら糞尿を必ず1回は踏むことになるよ」「絶対にお腹は壊すからね」とインド在住経験のある友人にこっぴどく念を押されていたのに幸いにも免れた。（相当すごいことらしい）その上、特別に嫌な思いをすることもなかったし、幸運なことに今もなお「もう一度行きたい」と思えるほどの充実した経験ができた。ただそれでもやっぱり体力と気力がないと厳しい国だなとは思う。50歳になったときに同じ旅はできない気がするし。

きっと「危ない国」と認識をされるのにも理由があり、私のようにいい思いをこしらえて帰ってきた人ばかりではなく、言葉にしたくないくらいのひどい目にあったり、悲しい思いをしてしまった人もいるのだと思う。どんな国でも言えることだが、いい人もいれば悪い人もいる。危機感を持って用心して生きる、というのはインドでも絶対に必要だということは間違いない。

しかし今、実際にインドに行って「インドが好き」という感想を持ち帰ってきた人とは、なんだか勝手に通じ合えるような気がしている。もちろん、そこで何を体験して何を感じたのかは人それぞれなので、「インドが嫌い」と思った人とは気が合わない！とかそういうことを言っているわけではない。（ここ注意）ただ一つ言えることとして、インド旅を総合して「よかった」と言える人は、凪《なぎ》のような穏やかさを持っているのではなかろうか。

私でさえ、ここや動画には載せきれないほど、インド滞在中に「ん？」と思うようなことが多々あった。（私で言えば、シャワーエピソードのことなど）それでも最終的に「よかった」と言えるのは、ある程度、環境に自分を順応させることができた証でもあると思う。

海外旅行をしていると、自分の当たり前を強く信じるほどに、居心地が悪くなってしまうことがあると感じる。たとえば日本のインフラを期待していけば、整っていない道路に驚愕するなんてことはインドでなくても大いにある話だし、日本人の気遣いの心をそのまま持っていけば、インド人の欲望にあふれた姿に憤りを感じる人がほとんどだと思う。

そういった状況の中で自分を順応させて、頭の体操のごとく、いかに自分の中の「当たり前」の形を変えていけるか。それがその国への理解や、楽しむことに繋がっていくのではないか。

「受けいれる」とまではいかなくとも、受け止める。

世界はあまりにも広いからこそ、ときには自分の中の基準のようなものを壊すことで、新たな感情に出会える。海外に行って自分の当たり前が壊されることが、私にとってはこの上なく面白い体験だ。

「インドに行ってよかった」

そう心から思えることは、固定観念にとらわれず旅ができた証かなと感じるし、それがもし「インドに呼ばれた」ということなのだとしたら。とても光栄であり、感謝したいと思う。

AIには負けられない旅　インド

インドでは、ガンジス川は神の化身とされているという。最も神聖な場所で、死ぬときはそこで死にたいと願う人が多いらしい。

私がガンジス川に行ったときも、川のほとりに裸のまま横たわり、陰部にのみレジャーシートを被《かぶ》せたおじいちゃんがいた。もう皮膚と骨しかないその身体には無数のハエがたかっていて、次の日もその場所を通ると、灼熱《しゃくねつ》の太陽が照りつける中、同じ格好、同じ体勢で、おじいちゃんはそこにいた。インドをアテンドしてくれていた友人が私のその視線に気づくと「この人はもう死を待ってるね」と、ぼそっと、静かに教えてくれた。こうやってガンジス川の近くで一生を終えられるというのはインド人にとって奇跡のように幸せなことなのだという。

その光景は一般的に言えばかなりショッキングで、見たくないと思わず目を背けてしまう人もいるだろう。だけどそのときの私には、なぜかすごく自然で尊いものに思えたのだった。

きっと日本で同じようなことがあれば大惨事。目撃者が慌てて１１９番に電話をか

バラナシで沐浴をしているインド人。
私はさすがにやめておいた

けるだろうし、救急車ですぐさま病院に運ばれるだろう。しかしインドの場合、周りにあった屋台の店主たちが気に留める様子もなければ、子どもたちは普段通り遊んでいる。誰もそのおじいちゃんを気にかけていないのだ。きっとこのような光景は日常なのだと悟ったと同時に、インド人にとって、死は「恐怖」に値するものではないのかもしれない、とも思った。

このおじいさんのようにガンジス川のほとりで死を待つということは、望みであり生活だ。私たち日本人は大概、死ぬ間際は病院にいるということもあってか、死はフィクションに近く、到底遠いものであるかのように思いがちだ。だけど、生きているものはみな必ず死ぬ。インドの人は死に対してよりリアルに向き合っている気がして、それがとてもかっこよく、うらやましくもあったかもしれない。

旅をすれば写真も動画も撮るし、私はそれを編集してYouTubeにも上げている。だけど悔しいことに、動画では伝えきれないことばかり。

もちろんいろんな価値観の人がいて、インドという国をよく思っていない人もいる。私が過去に上げたインド動画に対しても「なんでインドなんかに行ったのか」「信じられない」というような声もいただいた。

基本的に自分を悪く言うようなコメントはまっぴら痒くない私だが、そのときは珍しく、自分の大切なものを悪く言われた気がして悲しかった。友人の悪口を言われたような不快感だ。ただ、そのようなコメントがついてしまう以上、私がインドのよさを発信しきれる動画を作れなかったのだという不甲斐なさも感じた。

同時に「完璧に伝える」ということもまた、無理があるということに気づく。あの茹《ゆ》だるような暑さも、混沌とした街の匂いも空気も、人の温度も。やっぱりそこに行かないと感じることはできない。

それは私にとって、ある種の救いでもあった。

どんなにテクノロジーが発達しても、SNSなどで容易に情報が得られるようになったとしても、匂いや温度、人との交流で得た感情のすべては、体感しないと理解し得ない。

AIには補えない物事がここに必ずある。それらを大切にしていきたいし、これからも人間にしか語れないものがある、そんな世界であってほしい。

メールや電話だって頻繁なすれ違いが起こるのに、
遠い国の話がニュースやSNSで伝わりきるわけがないんだな~!
五感で感じる。話はそれから

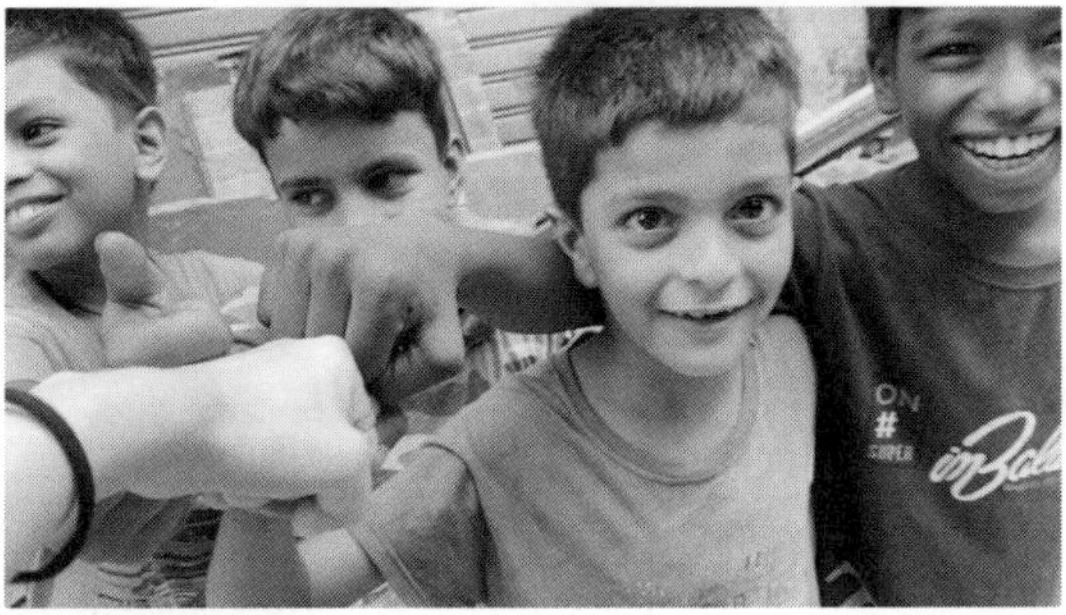

本当に旅好きなのか？

さて、ここまで散々と旅話をしてきた私。本当に旅が好きなのだろうかと心配になることが多々ある。

というのも、やっぱりひとり旅というのは大抵、早くても2週間前、急なときには前日に航空券を予約することすらあるというのは前述の通り。基本的に予定を決めるのが大の苦手ということもあり、長期間のスケジュールなんてまともな頭で立てられない。

いつもエイ！という感じでほぼ深夜のノリ、もしくは飲み会後の酔っ払った状態で航空券を買う。よく「ブランド品を深夜のノリでポチっちゃった！」なんて話があるけどそれの航空券バージョン、なんていうふうに思っている。

およそ1週間前に自ら航空券を買ったくせに、3日前くらいになると急に憂鬱になる。前日は毎回ナーバスになってしまうこともここだけの秘密。

「なんであのとき、勢いで航空券を買っちゃったのー!?」「家でこたつでぬくぬくしてしていたい～」

と、勢いで買ったときの自分を責めるような言葉が脳内を駆けめぐる。

でも、仕方ない。買ってしまったのだ。ブランド品は売ることができるかもしれないが、航空券は大概不可。ここで時を止める魔法が使えるのなら使っちゃう気がするから、ある意味使えずによかったとすら思いながらも刻一刻と時は過ぎていく。

出国当日、ほぼ泣きそうになりながら最終パッキングをし、心細さを押し殺して、エレベーターすらないアパートの階段をえっちらおっちら、腰以上の高さがあるキャリーケースを持ち下りていく。友達と飲みに行くときの階段なんて3段くらいにしか感じないのに、ひとり旅に向かう階段といえば50段くらいに感じている。

……ちょっと待った〜！

こう書いてみるとおかしな話。まるで旅が好きじゃない人みたいだ。ここまでこんなに旅が好きみたいな流れで来ていたのに、作り話か？と自分でも思うほど。

だけど私は旅がしたい。厳密に言えば「したい」というより「しなきゃいけない」。もっと言えば〝旅をしない自分が嫌い〟だ。

きっとこたつでぬくぬくしているほうが安牌《あんぱい》だろう。飛行機が落ちて死ぬ可能性もなければパスポートを盗まれて路頭に迷うこともない。トイレは綺麗だし値段交渉をする必要もないし、なにより日本には大好きな家族や友人がいる。

だけどそんなトラブルやハードルがあったとしても。むしろトラブルがうじゃうじゃと蔓延《はびこ》る未知の領域だからこそ。この目で、この脚で、この舌で、未知の世界を確かめないとならない。

幸いなことに、今私は失うものが少ない。自分が命をかけて守らなければならない子どもがいるわけでもなければ、彼氏、夫がいるわけでもない。そう思うからこそ、今この状態でできる限りの経験をしなければ。逃げるな。そんな心持ちで、毎回泣きそうになりながら家を飛び出している。

実は今、この文章を書いているのも空港へ向かう電車内。正直泣きそうだ。ほぼ泣いているといってもいいと思う。

でも自分が好きな自分でいるためにはここで逃げてはいられないし、行ってさえしまえば楽しいことはわかっている。いや、楽しめる自信がある。過去の旅も全部そうだったのだから。行動はすべて、見切り発車くらいがちょうどいい。

自分が見ている世界は、自分で幸せにしなきゃ。

腕の見せどころ。さ、いってきます！

ただいま、日本

海外の料理を食べると、より一層、日本の料理が繊細な味つけであることに気づく。

日本料理の出汁を使った、滋味深い味わいみたいなものをベースとして知っているからこそ、海外の味が刺激として楽しめるのかもしれない。そう思えば、日本人の舌が肥えていることも納得。そうしてなにより帰国後に食べる日本食の、なんたる落ち着くことか！　この感覚もまた、旅の醍醐味だと思う。

日本に帰ってくると、まぁわかりやすくお寿司を食べたくなることが多い私。でもその前に必ずするのが、空港からキャリーケースをゴロゴロさせながら最寄駅まで帰り、その足で近所の八百屋に立ち寄ることだ。

海外旅行中は野菜をあまり摂取できないことも多いので、帰国する頃には「待ってましたー！」と言わんばかり、体が野菜を欲している。

ヘトヘトに疲れきった体でキャリーケースを持ちながら小さな八百屋に入店（邪魔すぎ）。「今、インドから帰ってきたんですよ〜」なんて八百屋のおばちゃんに報告しつつ、野菜を爆買い。それらを家の狭い台所で、基本シンプルに炒めたり、蒸し野菜にしたりして、お味噌汁と共にたらふく食べる。私の旅は胃にも相当頑張ってもらっているからこそ、お礼の気持ちで。

胃がただいま！と言う。

畳に大の字で寝そべれば、身体もただいま！と言う。

心が安堵するのがわかる。

私の故郷は、やっぱりここだ。

5章　それなら、それで　――ポップに生きていけたなら

エゴゴミ拾いのススメ

　これまでの人生、驚くほど「運」や「縁」に恵まれてきた私。こんなにもわがままでちゃらんぽらんな人間なのに、周りにいる人たちはいつだって本当にいい人ばかりで。両親に至っては物心ついた頃から一番に尊敬している存在だし、そんな背中を間近で見て育ってこられたということは、この上なく幸せなことだと思う。とにかく自分を取り巻く恵まれた環境に、昔から恐縮する毎日だった。

　一方、気持ちとは裏腹に、感謝を体現できない時期もあった。特に学生時代は長いこと心の病気になっていたこともあり、感謝はおろか、絶え間ない迷惑と心配を振り撒いてきてしまった。こうした自覚は小さい頃から今も変わらず「私は何も還元できていない」というほんのりとした「罪悪感」として常に心に漂っているのだった。

　父はよく私に、「好きなことをやりなさい」と言ってくれていた。勉強しなさいとガミガミ言われたこともなければ、いい大学、いい就職先に行けと言われたこともない。それをいいことに勉強なんぞほぼやってこなかった私は、いわゆるお受験用の勉強なんて、てんでダメ。もう少し勉強しとけばよかった、なんて今は思ったりもするが「きっと好きなことをやっていれば、尊敬する父のようになれる」と心底信じていた。

というのも、父はまぎれもなく仕事大好き人間。仕事をしていないと逆に死んじゃうんじゃないかというくらい（マグロ?）、自ら生み出した作品で人を幸せにしている。一般的な会社員とは違って仕事とプライベートの区切りがないように見えたし、なくても好きなことなら苦ではないと体現してくれていた。

その完璧な姿を幼い頃から追い続けてきてしまったために、生き方に対する理想がうーんと高くなってしまった。「父のように誰かを感動させたい」という漠然とした夢だけが大きくなり「将来何になりたいか」という、お金を稼ぐ手段（いわゆる将来の夢）は全く語れない。「とにかくなんでもいいけど人の心を動かし、感動させることがしたい」というだいぶ無責任な理念だけが膨れ上がっていった。

そんなBIGな理念をかれこれ小学生くらいの頃から持ち続けていた私。なんということだろう。今となってはユーチューバーをしているではないか!!　しかもただ好きなものを食べて飲んでるだけ。

お金を稼ぐつもりでやっていなかったので、父の言う「好きなことをしなさい」の指針に従ってここまでこれたことは間違いない。しかし人に感動を与え続ける父と比べるとあまりに能天気なお仕事で、残念ながらご恩を世に還元できている感じも全然ナシ。

そんなこんな、YouTubeでお金をいただけるようになってからというもの、自分は本当に社会のためになっているのか？　誰かに何かを与えられているのか？なんて葛藤する日々が続いた。小学生からの理念をはたして今、大人の自分が達成できているのだろうか。そんな自問自答を繰り返す中で、急に一つの解決策を思いついた。

それが、「ゴミ拾いをする」ということ……！

こんなふうに言うと、なんだか大層偉いやつみたいに聞こえちゃうかもしれないが、実際そんなことは一切ない。少しでも罪悪感から解き放たれたいがために、自分のためにやっている。「そうか、仕事で満足に感謝の表現ができていないと思うのなら、ほかで表現すればいいじゃん！」案外シンプルだった。

そう思ったら即行動！　近所の百円均一に長めのBBQ用みたいなトングと、ゴミ袋と使い捨て手袋を買いに走る。こうして毎週の日課ができたのだ。

大抵は夜ご飯を食べたあと。暑い日もあれば寒い日もある。化粧を落としてすっぴんメガネに帽子を深く被り、長めの鋭いもの（トング）を持つ。なんなら不審者にほど近い。大勢の人に見られる。最初こそ恥ずかしかったが「悪いことしてるわけじゃないしな」と、だんだん開き直っていった。

正直「今日は疲れてるしなぁ」「今日は心が浮かないなぁ」なんて日でも、最初さえ重い腰を上げてしまえば30分なんてあっという間。好きな音楽やラジオを聴きながら練り歩けばこっちのものだ。そしてなにより、

「少しでも世のためになれてるのかな？　生きてる価値、あるかも～！」

こんなエゴな考えが私の心をすこぶる軽くしてくれ、少しだけ自分を好きになって帰宅している。

ゴミ拾いを開始して早2年。

誰かのためのふりをしておきながら、実は自分を好きになるためのゴミ拾い。だからこそ続けられてるような気もする。

「エゴ」だけど「エコ」であり、自分にも地球にも優しい。

そんなエゴゴミ拾い、みんなもどう？

2年間のゴミ拾いエピソード

1. 赤の他人に褒められる喜びたるや

エゴゴミ拾い中は、明らか不審者シルエットで街を徘徊しているので、誰かに喋りかけられることは滅多にない。のだけど、とある日、おばさまに褒めてもらえた。

「えらいねえ、ゴミ拾い!?」

「あ、はいーー」

「どうしてやってるの!?」

そう言われたときに咄嗟に思い浮かんだ言葉が次の3つ。

①罪償いです

②自分のためです

③綺麗好きなので

どれも様子がおかしい理由には変わりはないが、本音を言えば①か②。でも咄嗟に③を選べたのは我ながら賢い。（？）

「綺麗好きなんですよね～！」

「あら、若いのに偉いわねえ。がんばってね」

赤の他人に褒められるなんていつぶりだろうか。

寒空の下、コートを脱ぎたくなるくらいあたたかくなった。（心）

2. お寿司への懺悔

お花見シーズンが到来。寒くもなく暑くもなく、この時期になるとゴミ拾いだって散歩のノリ。

夜桜だって見れるし～♪なんて公園を歩いていたら、なにやら大物が落ちている。

道徳心が心配になるね?

なんだなんだと近づくと、なんとそこにはお寿司のゴミ！　しかもネタだけ食べているだと！?

あまりの大名食いに、お寿司への懺悔の気持ちが募るばかり。

きっとこんなことをした人には絶対、お寿司の逆襲がくるだろう。

一生お寿司が食べられない刑は日本人として可哀想すぎるから（?）、ぎゅうぎゅうの海苔巻きにされちゃう夢とか。苦しいぞ〜。

3. 置き配トラップ

今流行りのAmazonやウーバーイーツなどの置き配。あれはエゴゴミ拾いにおいて相当厄介！　トラップといっても過言ではなし。

とある日、路地裏の暗い細道にケンタッキーの袋が落ちていた。白髭のおじさんが薄ら笑いを浮かべてこちらを見ている。大物だ〜！とトングを伸ばしたその瞬間、待てよ。よく見たら中身ぱんぱん、いい匂いすらしている。置き配のチキンだったのだ。

内心「ええ〜!?　こんな道路側に置く〜!?」という気持ちは山々。でもたしかにこの時間帯、ゴミ拾いしてる人間のほうが稀かも。

ゴミ拾いが、危うく犯罪になる側面も持っているとは……！

今後エゴゴミ拾いを始めようと思っているビギナーの皆様、ご注意あれ。

最後尾だった恋愛とやら

私の好奇心旺盛な性格と、「思いついたらやってみる」という行動力の部分は、ありがたいことに褒めてもらえることがある。

しかし最近になって、尊敬する小林さん（という、歳上の知人）から「なんでもやってみたいっていう興味と好奇心が凄まじいのに、恋愛の部分だけはその気持ちが欠落してるよね〜」と、にこやかに、しっとりと言われたのだ。

ええ、待って。それすぎる……!?

この世の中のことはとりあえずなんでも経験してみたいと思うのに（ゲテモノだって食べたいし、スカイダイビングもする）、見事に恋愛に関してだけその欲が欠落しているのかもしれない。と、図星すぎる一言に豆鉄砲を食らわされた。

恋愛というものは私にとって、数学より苦手な科目。もちろん全くしてこなかったわけではないけれど、自分の両親の愛を高尚だと思うがあまりに、学生時代に軽々しく告白してくるような男性を白けた目で見てしまっていたというのは、前の章でもちらりとお話ししたとおり。いつのまにかその感覚がデフォルト装備されてしまうようになってしまった結果、恋愛に対してだけあまりに無頓着になってしまったのかもしれない。人生における優先順位的にいえば最後尾くらい後回しだ。

だけど、恋愛！　世の誰もが夢中になる、あの恋愛！　それが人生の中で大きな経験となることは、さすがの私でもわかっている。きっと恋愛において「こんな感情もあったんだ！」と自分の新しい部分に気づくということは、私が食に対して求めている「知らなかったおいしさ」と同じように、日常を豊かにしてくれることなのではないか？

小林さんから豆鉄砲を食らわされて以来、恋愛に無頓着すぎた過去の自分を反省。今後は自分の成長のためにも少し視野を広く持てるように、今までのメガネとは別のメガネに掛け替えて外に出る努力をしている。（白けたメガネから、掛けると世の中がハート、あるいはピンクに見えるようなメガネ！）

とはいえやっぱりこういうものはご縁が大事なので、焦らず、あくまでメガネだけを変える形で。あとは流れに身を任せているといったところだろうか。

よく聞かれる「どんな人がタイプ？」みたいな質問も中学生あたりからなんら変化がない。まず第一に尊敬できること。面白くて自分にないものを持っていて、学び合える関係だったらステキ〜。私と似ていなくてもいい。むしろ似ていないほうがいいかもしれない。その人なりの世界で何かをとことん楽しんでいれば、そんな世界を私にも覗かせてほしいなんて思ったりする。価値観が違うからこそ、それを面白がって互いに成長していけるような、そんなリスペクトがあればいい。(あらためて言語化してみると、案外海外の楽しみ方と恋愛は似ているのかもしれない。知らんけど)

と、こんな流暢に語ってみたはいいものの、実際のところそんな相手が見つかったわけではなく、まだまだ長期戦を覚悟している。

ただ一つ言えることがあるならば、私が今好きなときにひょいっと海外に行ったり、さらに過酷だと言われるような場所や経験を選ぶことができるのは、守るべき大切な人がいないからでもある。守るべき存在、愛を与えたいと思う相手ができたら、きっとここまで身軽に動けないだろう。

だからこそ、突拍子もない行動は今のうちに済ませておきたいし、いつか「自分のやりたいことをさておいてでも愛を与えたい」と、そう思えるような経験をしてみたい。誰かのために生きたいなんて、そんなふうに思える人生はどれだけ尊いものなのだろう。

後回しにしすぎてしまった「恋愛」という、私からすればインドよりも未知な世界。いったいどうなるこの旅路、乞うご期待……!(?)

世間知らずを武器にしたい

海外で胃の赴くままにいろんなものを食べていると、よく「お腹壊しそうで怖くないの？」と聞かれる。

なるほど。もしも慎重派だったり、なにかとストップをかけてくれるような人とばかり旅行していたら、私はこんなに未知のものを食べたり飲んだりできるようなタイプではなくなっていたかもしれない。幸い今まで一緒に旅行してきた人というのがみんな、揃いも揃って冒険心がある人ばかり。そこからひとり旅をするようになっても、どんな場面でも好奇心が勝るこの性格は維持されることとなった。

「病は気から」という言葉があるが、食べる前から「お腹を壊すかも」と思うと、本当にお腹を壊してしまうような気がする。仮に実際お腹を壊したとしても「それならそれで」と割り切れるし、むしろひとり旅で体調崩したり、トラブルがあったときは「ひとりでよかった」と必ず思う。ひとりだからこそトイレに篭りっぱなしでも誰にも迷惑をかけなければ「今日という1日を無駄にさせてしまった」なんて罪悪感にかられることもない。

そもそも危機管理能力が低い私は、事前の下調べもしないまま旅に出てしまうことが多い。

「この食べものはお腹を壊しやすい」のような類の情報は持ち合わせておらず「衛生面が危うい国では、歯磨きの際にもペットボトルの水を使う」という、旅人界隈では当たり前のようにされるリスク管理方法も最近知ったほどだ。あまりに無知すぎる。

でも最近は、この「知らなさ」というものも大変都合よく解釈すれば、ある意味武器となり得るのでは？と思うようになってきた。というのも、なんでもかんでも知識だけを先に入れていってしまうと、何も知らなければチャレンジしていたような場面でも臆病になるようなことが増えてしまう。それは、本来できたかもしれない経験ができなくなってしまうことにも繋がりかねず、もったいなさすら感じるのだ。

もちろん、マストで用心しなければいけないこともあるし、最低限の知識があることに越したことはない。でも結局経験をしないかぎり、「知識」は「知識」のままで「知恵」にはならないということは頭の片隅に常に置いておきたい。テレビやSNSから得た知識だけで頭でっかちになることは言語道断。そうなるくらいなら、知らないことを武器に、何事にも能天気に飛び込んでしまったほうが良さそうだ。

これは日常生活においても似たようなことが言える。

初対面の人に対して事前の知識がありすぎると、それを変に意識してよそよそしくなったり、構えてしまったり、対等に話せなかったりすることはないだろうか？

「知らないから知りたいです」と素直に言えることは、世間知らずな弱点と思われるかもしれない。でも、一概にそれだけではないと思う。知らないことを好奇心に変えて経験にしていけば、知見の広い人間になれるのではないか。

そしてそれはいつか絶対に強みに変わるはず！と、日々、世間知らずな自分を正当化している私なのだった。

綺麗事

ここまでも何度も登場している父のこと。

小さい頃から父は私の憧れで、果てしなく大きな父の背中を追い続けてきた人生である。というのは散々語ってきたとおり。その影響から、「お金より愛」「好きなことを続けていれば成功できる」など、世間的に言えば「綺麗事」とされそうなことを疑わずに生きてきた。

しかし社会人になると、社会の縮図と言わんばかり、人間の汚いところを目の当たりにする機会がグッと増えていく。今まで通りの考えだけでは辻褄が合わず、愛だけじゃどうにもならん！　お金だって大事だ！というような体験をすることも。

するとどうだろう、父がずっと私に言い続けてくれた、「お金より愛」「好きなことを貫けば道が拓《ひら》ける」なんてことも、ただの綺麗事なのではないか？と、思い始めてしまったのだった。（親不孝者！）

指針にしてきたものが揺らぎ始める、というのは、今まで積み上げてきたジェンガの下のほうがぐらつくということ。自分の信じてきたものを疑って微調整しているうちにどんどんとバランスがおかしくなって、私というジェンガはもう崩壊寸前。

積み上げていく過程に不安を覚え、ゆっくりとしか積み上げられない時期は幾度となくあったものの、土台の部分が信じられなくなりそうなのは初めてだった。これが思った以上に苦しく、また一からやり直しかと思うと怖くてたまらなくなった。

この葛藤を、大学時代にお世話になったゼミの教授に相談することにした。その教授のことを私は心の底からリスペクトしていて、大学時代のいちばんの大きな出会いだと思っており、卒業後も何度か会いに行っている。

今の自分の心のうちをすべて吐き出し、自分の信じてきたものをあらためなければいけないのだろうかと相談する私に、教授は言ってくれた。

「今までは、『お父さんの言葉を信じていただけ』だったから、ただの『綺麗事』で終わっていた。つまり、お父さんの言葉を借りていただけ。親元を離れて社会に出て、汚い世界も知った今、いかにこれまで通りの信念や理想を貫けるかが大事なのではないか？　自分の言葉で信念を語れるようになれ。負けるな」

このあまりに図星で愛のある言葉が、当時の私にクリティカルヒット！

両親からもらった言葉も、父のようになりたいと思っていることも、何一つ間違ってはいなかった。ただ、綺麗なものしか見えないように守ってくれていた親元から離れた途端、不安を言い訳にするかのごとく、今までの信念を疑い始めてしまっていただけだったということだ。

そうとわかれば行動あるのみ。

社会一般的に見れば「綺麗事」と捉えられかねない父の言葉を、いつか胸をはって自分の言葉で「綺麗事ではない」と言えるように。たくさんの経験を積んで、体現していこう。

社会人1年目、むしろここからが本番だ！と、前向きな歯車が動き出したのだった。

選択に迷ったときは

私の実家の部屋の時計には、「人はやがて死ぬ」と、なにやら人生煮え切ったかのようなメモが貼られている。これは実家に住んでいたときから、私がいつも大切にしている言葉だ。

しかも時は常に8時34分。
止まった時計に煮え切ったメモ

少し乱暴にも思えるワードとは対照的に、筆跡はやけにポップ。陽気な気分で書いたので安心してほしい。「人生は有限である」なんてことは百も承知なはずなのに、気を抜けば、人生が無限にあるかのように勘違いしてしまう。これは現代に生きる人間にとって一番安易で一番陥りやすい平和ボケだと思う。今悩んでいることもきっと「明日死ぬかもしれない」というリアルを持ってさえいれば、大体どうでもよくなっていく。お金のことや将来の不安も、

「明日死ぬかもしれない」のに悩めるなんて、むしろ大変贅沢なことかもしれない。

生や死というものを軽く捉えているわけでは決してない。ただ「いずれ人は死ぬのだし♪」を救いとして今この瞬間をどうにか明るく生きていこうとしている私にとって、一生死のない世界は想像するだけでゾッとしてしまう。ずっとずっと、永遠に頑張らなくてはいけないなんて、そんなのはあまりに残酷すぎる。

「死」という存在をあくまでもポジティブに、リアルに捉えることで今を全力で生きようとする私には、一方で大きな弱点がある。それは先のことを考えるのがとにかく苦手だということ。遊びでも仕事でも、先の予定を入れた途端に少しだけ不安になる。予定を入れた時点でそこまでの自分に責任が伴い、当たり前だが、お得意の「明日死ぬかもしれないし」が通用しなくなる。ゆえによく聞かれる「これからの目標」なんて質問にはほとほと参ってしまうのが事実。時の流れに身をまかせ（テレサ・テン）、その場その場でただ好奇心の方向に身を委ねて生きてきた私。気づいた頃にはなりゆき街道旅（フジテレビ）な人生だったので無理もなし。

ただ一つ「これからの目標」というより「生涯の目標」として意識していることがある。それは〝自分のことを好きでいられる選択をする〟ということだ。いずれ死ぬ人生だとしても、いや、いずれ死ぬ人生だからこそ意識している。

学生時代に自分のことを心底嫌いになった。そのときからここまで変われた一番の要因は、「自分のことを好きになれた」こと。

選択に迷ったときは必ず「どちらをしている自分が好きか」ということを初めに考える。会社を辞めるか迷ったときも、「周りに辛いと嘆きごとを言いながらも会社にい続ける自分」と、「可能性を信じて、ニートをも恐れず一旦解放される自分」これらを想像したとき、私は後者のほうが自分らしいと思えた。もっと些細《ささい》なことでたとえれば、冬の朝、ぬくぬくとしたベッドからすぐ出る自分と出ない自分と。通勤電車で目の前に立っているおばあちゃんに席を譲れる自分と譲らない自分と。どんな些細なことでも、選択に迷ったときは自分のことを好きだと思えるほうを選びたい。

そんな日々の積み重ねが、自分自身を誇れる軸になると思う。きっとその軸があれば、もしまた自分のことを嫌いになりそうになったとしても、いつでも好きな自分に戻れる気がするから。

「人はやがて死ぬ」

だからこそ今を全力で、好きな自分で生きていきたい。

唯一の目標

将来や夢を語るのはめっきり苦手な私にも、食に関しては一つ夢がありまして、

それは！

ドコドコドコ～（和太鼓）

ジャン！（シンバル）

～食べたことのないものをつぶしにかかる～

ヒュ～～～（口笛）

まるでビンゴかのごとく、穴という穴をつぶしていきたいというガッツ。

食において、経験できることはし尽くしたい！　なんでも食べてみたい！　まずくたって構わない！　そこに文化がある限り！　そんな感じのハイテンションで食べ物と向き合っている。

生まれてこのかた好き嫌いがないことが取り柄の私に、もしも最終的に嫌いな食べものがいっぱいできることがあるならば、それはそれで幸せと言いましょうか。だってそれって、未知の食体験がいっぱいできたという証になるでしょう？（大袈裟かも）

それでいつか、好きも嫌いも詰め込んで、自分でイラストを描いたりし

た食べもの図鑑みたいなものを作れたら楽しそうだな～なんて思うのです。「世界大珍味百科」的な。きっとアフリカの芋虫とかも出てくる。

ありがたいことに、食への探究心というものはこんな感じで、いつも私の人生を拓いてくれる。食は、季節や国によって魅力が変わるのもいい。

どこかへ旅をするにも、山好きさんは山のある国をメインにするかもしれないし、海好きさんは海なし国は視野に入らないかもしれない。だけど食好きさんは、どんな国に行ったってそこには食がある！　なんて贅沢な趣味なのだろう？　食に興味がある限り、ずっと飽きずに生きていける！

人生薔薇色だ。

これからもたくさんの食体験を重ねたいからこそ、丈夫な胃と肝臓、海外に行ける体力と、味わえる口と舌を。自分のコンディションを整えつつ、いつどこに何をしにいくのも大丈夫な状態でいることがなによりの目標なのかもしれないと思う今日この頃。絶対に健康でいようね～！

なんとなく日常

コロナ禍に暇を持て余し、友人向け、なんなら記録のように始めたYouTube。一念発起してYouTuberになるぞなんて大々的に始めたことではなかったので、未だこんなにもたくさんの人が観てくれていることが信じられなかったりする。街で声をかけていただくのも本当にありがたいことなのに、いつも驚きでしどろもどろな対応となってしまうの、いい加減どうにかしたい。(皆さまごめんなさい)

あくまで自己満、されど自己満。こんな動画でも観てくれている方がいて、少なくともフリーター時代の私よりは今のほうが、影響力を持たせていただいているのは確かで。そう思うと、自己満無責任女の私にも、「動画を投稿するからには何かを届けたい」などとちょっとした野心が出てくる。明確に社会の役に立てるようなことはなくても、何かほんの少しでも明日が楽しみになってくれたりとか、あたたかい気持ちになれるとか、こんな適当なヤツ(私)でも生きられるんだから自分も大丈夫だとか、そんなのでもいい。少しでも気持ちが凪になる作品を届けられていたらいいなと思う。

顔を出さずにYouTubeをやっている方を見ると、少しうらやましく思っていた時期があった。私自身が幼い頃から「見た目よりも中身」(by.母)を指針に生きてきたので、願わくば人間として、中身を知ってもらいたい。どうしたってSNS上で一番最初に視覚から入ってしまうのは致し方ないことだけど、もし今と同じことが顔出しせずにできるのであれば、なんと本望だろうと思っていた。

実は顔出しに抵抗がなくなってきたのも最近のこと。動画の中で表情を褒めてもらえたりしたことで、顔を出してこそ形成される自分のキャラクターや親近感というものもあるかもしれないと実感できた。そもそも私は、好きも嫌いも如実に顔に出てしまう。疲れた顔や眠い顔がすぐ表情に出るもんで、新卒のときはそれを上司に指摘されたこともある。きっと組織においては短所であるそんな性質も、動画でなら長所にできる気もする。おいしい顔も疲れ切った顔も浮腫《むく》んだ顔も、全部面白いとひっくるめて愛してくれる人がいるなんて、そんな贅沢なことってあるだろうか……!

結論(?)。基本的には能天気に飲んで食って、好きなことをしているヤツ!と思ってもらえたらうれしい。もはや観てるか観てないかくらいの、頭を空っぽにできる動画というのが理想系だ。

アフレコでナレーションを入れるときも、台本はほとんど書くこともなく、思いついたことをポンポン、ボソボソと喋っている。もはやただの実況で、我ながらよくもまぁしょうもないことをあんなにペラペラ喋っていられるよなと感心してしまう。

よく「声が心地よくて寝てしまいます」というコメントをいただくけど、それはしょうもなさすぎる動画だからでは……？なんていうふうにも思う。ただ、子守唄として利用していただけているのもこれまた幸せなことなので、最近では「みんながよく眠れますように」との念を込めてアフレコをしてみていたりする。

動画に対する感想や受け取り方は人それぞれで構わないし、それをこちらがとやかく誘導したいわけでもない。ただただ、観てくれた人の幸せを祈って動画をつくる。誰かを傷つけるような発言をしていないか、自分をよく見せようとしすぎていないか、などは何度も注意深く見返すこと。それが、チャンネル登録者10人のときから38万人になる今に至るまで、何も変わっていない制作スタイルかもしれない。

【しおりのなんとなく日常】の名付け親である父は、時間があるときに動画を観てくれているらしい。「東京駅はしご酒シリーズ、まだまだ奥深そうだね」とのこと。

そうやってこれからも私の日常をなんとなく好きなだけ、お届けしていけたらと思う。

それなら、それで

自分の「当たり前」に固執しすぎずに、いつも身軽でいたい。

旅行においてだけではなく、日常生活の中でもそうだ。

いろいろな基準を自分の中に作りすぎることで、よいと思える選択の幅が狭くなってしまったり、誰かのことや何かのことを嫌いだと思う回数を増やしてしまう気がする。

「こういう人が優しい」とか、「こういうのが可愛い」だとか。日常的にふと湧き立ってくる感情ですらも、それがどこからきた基準なのか？　はたしてそれは、実際に自分が体験や経験をした上で言っていることなのか。それとも、世の中的に漂う雰囲気から植え付けられたイメージなのか。立ち止まって考えてみる。

もし、後者だったとしたら、それはとてももったいないような気がする。そのイメージを一度捨て去って考えてみたらば、全然違う考えが生まれるかもしれない。物事は、見方によって全く違うものになる。ただ真っ直ぐに歩いてきた道も、ふと振り返ってみると違う道に見えたりするし、ここで逆立ちしたら、世界はどう見えるんだろう、なんて考えてみたりもする。それは私がこの活動を始めて、あるいはひとり旅をするようになって、より一層感じていることだ。

なにかと「こうじゃないとダメ」と、一方向に固定観念を持ってしまいそうになる場面が、世の中には多くあふれている。いいとされる会社、家、家族、パートナー、見た目などなど。そんなものに縛られてしまっていると、その枠から外れたときに落胆して苦しくなったり、無意味な衝突も起こる。

そこで私は常に「それなら、それで」という言葉を胸に携《たずさ》える。

乗ろうと思っていた電車に乗れなくても。行こうとしていたお店が定休日でも。あぁ今日はこうしようと思ったのに、こんなことになっちゃった。でも、それならそれでいい。むしろ、自分の思い通りになることのほうがよほど奇跡的だ。こう思えたとき、生きるのがうーんと楽になる。

学生時代苦しかったときの自分は、一つの考え方に縛られていたように思う。人と同じことができていない。こうでなければいけないのに、私にはできていない。そう思うことで、どんどん沈んでいった。

このときの自分に「それならそれでいい」「別の道があるし」と教えてあげることが

できたらどんなによかったたか。違う考え方の扉を少しでも開けば、見える世界は全く違うはずだった。

ひとりが好きだし、ひとりでどこへでも行ける。

けれど、〝独り〟ではない。この地球にいる限り他者との関わりは避けては通れないし、自然からの愛も受け続けることになる。

だったらいっそのこと、ひとりでは得られなかった意見、違う文化に触れて、面白がって、自分の栄養にしていきたい。何に対しても「それなら、それで」という余白を持って、未知の領域さえ咀嚼して味方につけていければ、どんなに素敵なことだろうか。

今、目の前に広がっている世界は自分だけの世界だ。自分の見ている世界を幸せにしていけるのは、自分だけ。街の看板一つとっても、どこかにツッコミどころがないかを探して歩く。ふふ、と少しでも口角が上げられるように。

だから今日も外に出てみよう。きっと面白いものがいっぱい転がっているはず。

それなら、それで。ただただポップに生きていたい。

おわりに

私という人間の人生を彷徨っていただいた皆さま。本当にありがとうございました～!!

私自身は自分のエッセイを他人のふりして読むことはできないので（当たり前）、客観視しきれないことがもどかしくもありますが、拙い文章で読みづらいことはもちろん、特に2章は普段動画を観てくださっている方からするとギャップに困惑したかもしれません。

そんな中で今、こうして「おわりに」まで辿り着いてくださった方々には、なにかしらの勲章をあげたいくらいの気持ちでいっぱいです！（？）本当にお疲れさまでした……！

当の私も2章にはかなり手こずりました。（一番スラスラかけたのは4章）
そもそもこの本の制作期間は大体1年強と、かなりの時間をかけてしまいましたが、その期間もほぼ2章の執筆に充てたと言っても過言ではありません。
今の自分はあの頃と180度違う人格だと思っていたため、最近は過去の自分ともっぱら決別。長らく閉ざされ続けた扉はそれはそれは固く、頑固に錆びついておりました。
ただ今回、エッセイ本として自分の人生を語らせていただく上で、あの頃を避けては通れない。必然的に、錆びついた重い扉を開く作業をしていくことになるわけです……！

これがまぁ！　思った以上に苦しい！！！（？）

何度も己の弱さに嫌気がさして、書くことを放棄したくなることも多々ありました。

（いや、もはや放棄してた）

「こんなことを語ったとて誰の得になるのだろうか」と、決別していた自分を世に放つことへの恐れや虚無感との戦いの日々。

そしてなにより、辛すぎる過去というのは記憶の改竄《かいざん》さえ厭《いと》わない。ゆえに、今の陽気な自分が振り返って書いたところで〝あの頃のリアル〟を一言一句再現できないというのも、大層もどかしいものでした。

しかし今！　やっとの思いで書き終えた今……!!

あらためてあの頃の自分を丁寧に見つめ直せる機会をいただけたことに大感謝。

苦しまぎれではあるものの「言語化できた」ということが、なによりも私自身の糧となり「今までの悩みは全部このための伏線だったのかも～！」なんていうふうにも思えたのです。まさか自分が、決別していたあの頃のことを愛おしいものにさえ思えるときがくるなんて……！

無事成仏。皆さまのおかげです。

「食」「旅」「本」は、私という人間を構成する上で重要な3点であり、唯三つ、お金をケチらないようにしたい！と心がけているもの。（普段は極端に節約家なので……）

行き当たりばったり、なんとなく生きながらも「食」と「旅」が好き！と動画で言い続けていたら、今度は「本」を書く機会をいただけました。そしてその本の中に、食と旅についても書かせていただくことができた。

本来、食と旅についてだけの本にすることもできたと思います。そのほうが読みやすいものになっただろうし、嫌われる心配もなければ、重い扉をこじ開ける必要もない。

でも、初めてのエッセイだからこそ。動画では語ってこなかったからこそ。そして私のことを親か？と思うくらいに考えてくれる編集者の杉浦さんと出会えたからこそ。この本を借りて、私という人間をひとしきりに解剖、自己開示させていただいた次第です。

ただ、こんなにも根掘り葉掘り自らを記録しておきながらも、相変わらず「有名人になりたい！」みたいな欲はてんで一切なし。

これからも何ら変わらず「それなら、それで」と、自分の可能性を信じて、流れ着くままに生きていければと願っています。（これはニートだった頃も、ＹｏｕＴｕｂｅを始めた後も、本を出した今でも、何一つ変わらないこと。すべては好奇心の赴くままに……！）

最後に。

ここまで読んでくださった皆さま、私の人生に関わってくれたすべての方々、そして詩織という人間にスポットを当てようと声をかけてくれた編集者の杉浦さんと、KADOKAWAさんをはじめ、この本を作りあげてくださった皆さま。そして大好きな家族。いつも見守ってくれるご先祖様方へ。あらためて、本当にありがとうございます。

「この本で誰かを幸せにしたい！」なんてことは到底烏滸がましく、厳しいことだと思います。でも、この本を手に取ってくださった方がどうか「すこやかで、おだやかで、しなやかな日々」を送れますように。

お祈りくらいはできると信じて、皆さまの幸せを常に念じています。

それでは。ここまで長きにわたるお付き合い、本当にありがとうございました。

じゃーの。


2025年1月吉日、とある空港にて　詩織

装丁　田部井美奈
DTP　柳本慈子
校正　加島小百合
編集協力　上村祐子
編集　杉浦麻子

詩織
YouTubeチャンネル〈しおりのなんとなく日常〉を通して何気ない日々を発信。勇敢な胃袋を相棒に、世界中の食べたことのないものを喰らい尽くすのが夢。どこまでもソロで旅立つ、すこやか系エンターテイナー。本書が初の著書。
YouTube : nantonakushiori
Instagram : shiorimmm_
X : @nantonakushiori

それなら、それで

2025年3月12日　初版発行
2025年4月5日　再版発行

著者　詩織《しおり》
発行者／山下 直久
発行／株式会社KADOKAWA
〒102-8177　東京都千代田区富士見2-13-3
電話0570-002-301（ナビダイヤル）
印刷所／TOPPANクロレ株式会社
製本所／TOPPANクロレ株式会社

●お問い合わせ
https://www.kadokawa.co.jp/（「お問い合わせ」へお進みください）
※内容によっては、お答えできない場合があります。
※サポートは日本国内のみとさせていただきます。
※Japanese text only

定価はカバーに表示してあります。

ISBN 978-4-04-684355-5　C0095